転生陰キャ令嬢とヤンデレ大公

引きこもりなので束縛執着溺愛ルートは大歓迎です

七福さゆり

Illustration
池上紗京

転生陰キャ令嬢とヤンデレ大公
引きこもりなので束縛執着溺愛ルートは大歓迎です

contents

プロローグ　ヤンデレ夫の妻になってしまった … 4

第一章　ヤンデレ夫の重い愛 …………………… 23

第二章　監禁終了なんて嫌！ …………………… 82

第三章　失いたくない存在 …………………… 134

第四章　正ヒロイン現る …………………… 168

第五章　教えてあげる …………………… 230

エピローグ　幸せな日々 …………………… 280

番外編　新婚旅行 …………………… 286

あとがき …………………… 301

プロローグ　ヤンデレ夫の妻になってしまった

ああ、身体が怠(だる)いし、頭が重い……。

「うーん……」

喉、渇いたなぁ……。

目を開けると、侍女のモニカが心配そうに私の顔を覗(のぞ)き込(こ)んでいた。

「ベアトリスお嬢様！　よかった。目が覚めて……」

随分と、長い夢を見ていた。

「お嬢様、私のことがおわかりになりますか？」

「モニカ……」

「はい、ベアトリスお嬢様の……いえ、奥様の専属侍女のモニカでございます。二日も寝込んでいたのですよ。お熱も高くて、もうこのままお目覚めにならないかと思って心配で……ああ、本当によかった……」

モニカが涙ぐみ、私の手を握る。

そうだ。ずっと一緒に居て、支えてくれた私の専属侍女だ。

「私、どうしたんだったかしら……」

「ずっとお眠りになっていたので、記憶が混乱しているのですね。奥様は前々から風邪気味でしたが、結婚式の朝から熱が上がりはじめまして、それでも挙式を欠席するわけにはいかないと頑張られたのですが、挙式を終えて控え室に戻ったところで倒れてしまいました。ご立派でした……挙式の際は毅然(きぜん)とされていらっしゃって、熱があるようには見えませんでした」

ああ、そうだ。そうだった。

「心配をかけてごめんね。モニカ、ずっと傍(そば)に居てくれたの？」

「ええ、もちろんです。本当に心配いたしました……！　でも、お目覚めになってよかったです。今、主治医に来ていただけるよう手配してまいります」

「ええ、ありがとう。喉も渇いたし、お腹(なか)も空いたし、お風呂にも入りたいわ」

「かしこまりました。すべてご用意いたしますので、もう少々お待ちくださいね」

モニカが出て行った後、私はベッドに寝そべり、深呼吸をした。

思い出した……どうして今まで、忘れていたんだろう。

私は、ベアトリス……アンデルス公爵家の長女で、ダーフィト・ガイストと結婚した。

ダーフィトは若くしてご両親を亡くし、大公位を継承した人だ。

一方私の父は公爵でありながら造船業に挑戦し、見事失敗……。

領地の税金三年分を使っても返せない借金を負い、それを肩代わりしてくれると申し出てくれたのが、ダーフィトだった。

もちろん、条件なしだなんて、慈善事業な話はあるわけがない。彼の出した条件は、私がガイスト大公家へ嫁ぐこと。

元々娘のことなんて、家を繁栄させるための道具としか考えていない父は、二つ返事で了承し、私はダーフィトに嫁いだというわけだ。

ちなみに母は父の言いなりなので、何か言いたそうにはしていたが、反対はしなかった。

そして思い出したのは、それだけじゃない。この世界は、ゲームだ。

何を言っているのかわからないかもしれないけれど、私はこの世界の人間ではない。元は日本人で、この十八禁乙女ゲーム「キミ色世界」に入り込んでしまったらしい。

最期の記憶は、お風呂で足を滑らせたこと……多分、打ちどころが悪くて死んだのだろう。そして生まれ変わったのが、この世界だったみたい。

実はこのゲームは、何周もしていて、スチルはすべて回収済み。攻略キャラたちやそれぞれのルートの流れは、バッチリ把握している。

私の夫であるダーフィトは、私の最推しキャラだ。所謂(いわゆる)隠しキャラというやつで、二周目に攻略できるようになっている。

ここで、ダーフィトの簡単なプロフィールを紹介しよう。

ダーフィトはガイスト大公家に生まれた。

初代ガイスト大公は、クレマチス大国の第十代国王の弟だった。国王は侵略に意欲的で、さまざまな国を手中に収め、わずか二十年で小国から大国へ成長させた。

その功績は、弟の手によるものだった。

彼は兄である国王を尊敬し、忠実だった。戦争はすべて彼が最前線に立ち、負けたことは一度もない。

結果、彼は大公位を手に入れたのだ。

初代ガイスト大公は美しい妻と可愛い子供たちに恵まれ、平和に暮らしていた。しかし、そんな彼を憎む者がいた。それは、国境近くのとある森に住む魔女のビアンカだった。

戦争のせいで彼女は愛する者と子を失い、ガイスト大公を憎んでいた。

お前にも、お前の子孫にも、呪いをかけてやる――。

魔女がかけた呪いは、大公と子孫たちが他の者に触れると、その者が不幸になってしまうというものだった。

不幸の内容は、その時による。怪我や病魔に冒されたり、それが命にかかわることもあった。大公は愛する妻や子供たちに指一本触れられなくなり、悲しみの中、寿命で亡くなった。

大公の子孫の中にも、数代おきにその呪いを持った子供が現れるようになり、その者たちは誰にも触れることができず、皆、孤独を抱え、死んでいった。時には孤独に耐えきれず、絶望して、自分で命を絶つ者もいた。

その呪いを受けた一人が、ダーフィトだ。

ダーフィトは他のガイスト大公家の子孫たちと同じく、両親にも使用人にも忌み嫌われ、誰の温もりも知らずに生きてきた。

唯一違ったのは、呪いが解けたことだ。

千年生きると言われていた魔女だったが、四百歳で病死した。

それと同時に魔女はこんな空しいことはやめようと、ガイスト大公家にかけた呪いを解いて亡くなったのだ。

でも、ダーフィトの心に深くついた心の傷は、消えるわけがない。

両親が亡くなった後、大公となったダーフィトは、子孫を残さなければならないので、仕方なく妻を娶ることに決める。

しかし、普通の令嬢に求婚する気にはなれなかった。

自分にとって優位に振舞える結婚がいい。相手の弱みを握れるものがいい。そうすれば、自分から離れていかない。

そこで白羽の矢が立ったのが、私、ベアトリスだったわけだ。

ダーフィトはベアトリスに、外出を禁止した。自分と一緒であってもいけないし、誰かを招くことも、社交も認めなかった。

それも、結婚してからの後出し。まあ、結婚前から提示されていたとしても、ベアトリスの父はそれを受け入れ、彼女に強要することは間違いないないのだけれど。

ベアトリスは元々社交的な女性で、お茶会を開くのも、参加するのも大好きだった。しかし、実家の借金を肩代わりしてもらっている彼女は逆らえない。

しかし、すぐに我慢の限界を迎えた。

精神的に追い詰められたベアトリスは、ダーフィトの目を盗み、外出しようとしたところを彼に見つかり、殺されてしまった。

ベアトリスの死は事故として処理されたが、社交界ではダーフィトの呪いはなくなっていないのでは？　呪いで彼女は死んでしまったのでは？　と囁(ささや)かれている。

ダーフィトは自分の手でベアトリスを殺(あや)めたことでさらに精神を病んでしまい、人を避けて生活してきた。

しかし、建国記念祭だけは、絶対参加が義務付けられている。

ダーフィトはベアトリスの死後一年してから、渋々建国記念祭に参加したことで、ヒロインであるグロール伯爵家の娘であるクラーラと出会う。

クラーラはダーフィトにワインをかけ、彼のスーツの染み抜きをしたことがキッカケとなり、だんだんと親睦を深めて恋に落ちていく……というのがゲームの流れだ。

そう、私はよりによって、殺される妻に転生したということになる。

最悪だ～～～～！

確かにダーフィトは推しよ。私は影のあるキャラが好き！　ずっと傷付いて生きてきたキャラの笑顔とか、尊過ぎるでしょ？

しかも、イラストレーターが贔屓したんじゃないかってぐらい、とんでもない美形だ。

オープニングムービーで一目惚れしてしまった。スチルもすっっっごいよかった。もう、何回見たかわからない。

ずっと可哀相な思いをしてきたダーフィトが、クラーラの優しさに癒されていく姿は、涙なしではプレイできなかった。

でも、それとこれとは別！　死んでせっかく転生したのに、殺されるとか、絶対に嫌っ！　怖い！

「もう、勘弁してよぉ……」

「え、何がですか？」

おっと、言葉に出してしまった。

「ううん、なんでもないの。身体に異常がなくてよかったと思って。モニカが看病してくれたおかげね。本当にありがとう」

入浴と食事を終えたところで、主治医が来たので診てもらった。高熱は重い風邪が原因だったけれど、もうすっかり回復しているそうだ。

でも、病み上がりだから無理はしないようにと言われた。

「とんでもございません。これからもベアトリスお嬢様……じゃなくて、奥様のために一生懸命頑張りますので、改めましてよろしくお願いします」

「ふふ、今まで通り、ベアトリスお嬢様って呼んでもいいのよ？」

「いえいえ！　そんなわけにはいきません。もう、呼び間違えないように、気を付けなくてはいけませんね」

モニカは二十九歳、子爵家の次女だ。

結婚経験はあるが、夫を若くして亡くしている。

美人だし、子供がいないので、再婚の話はちらほら出ている。でも、彼女は亡くした夫一筋で、再婚するつもりはないそうだ。

「私はモニカが傍に居てくれて嬉しいけれど、あなたはこのままでいいの？　亡くなった旦那さん一筋なのはわかっているけれど、女性一人で生きていくのは大変でしょう？」

現代日本なら、独り身で生活している人はたくさんいるし、珍しくない。しかし、この世界では本当に厳しいことなのだ。

差別的な発言をされることがあるし、そもそも求人もなかなかない。

「あなたは美しいいし、一人で生きていくのを決めるには、まだ早い年齢じゃないかしら。亡くなった旦那さんごと、あなたのことを愛してくれる方がいるかもしれないわ」

「いいえ、私は奥様に一生お仕えすると決めていますから。どうかお傍に置いてください」

「……ええ、わかったわ。これからもよろしくね」

「はい、よろしくお願いいたします」

侍女を辞めて、再婚しろ……なんて強く言えないわよね～……センシティブなことだし、私がモニカに辞めてほしいと言っているみたいじゃない？

ゲームではベアトリスが亡くなった後、モニカがどうなったのか描写されていなかったけれど、ダーフィトが殺した妻の侍女のアフターフォローなんてするはずがないもの。モニカのその後を想像したら、胸が痛む。

私の記憶の中では、まだダーフィトから、条件のことは言われていない。となると、これから伝えられるのだろう。

私は立ち上がると、全身鏡の前に立った。

ベアトリスって、こんなに綺麗だったのね。

長い絹糸を紡いだようなプラチナブロンドの髪に、深い森のような色の大きな瞳、しかも胸が大きい。前世は貧乳だったから慣れない。

巨乳の人って、つま先が見えないものなのね……！

「奥様、別のドレスにいたしましょうか？」

「ううん、モニカが選んでくれたドレスが可愛いなと思って見ていただけよ。さすがモニカね。私に似合うドレスを一番知っているのよね」

クルリと回って見せると、モニカが口元を綻ばせた。

「ええ、自信があります。でも、奥様は何も着てもお似合いです。幼い頃は天使、今は女神のようですわ」

「ふふ、ありがとう」

そんな会話をしていたら、扉をノックする音が聞こえた。

このタイミングで尋ねてくるのは、多分……。

「どうぞ」

モニカが扉を開く。入って来たのは、やはりダーフィトだった。

「ベアトリス、目が覚めたと聞いたが」

「ダーフィト様、ご心配をおかけいたしました」

ドレスの裾を持ち、片足を下げて挨拶する。

短く整えられた艶(つや)やかな黒髪、青い切れ長の瞳は、眼鏡によって鋭さがさらに強調されている。まるで美術品のように美しい彼は、冷ややかに私を見下ろしていた。

「かしこまった挨拶は結構だ。結婚式を終えてすぐに高熱を出すとは、俺との結婚が相当嫌だったようだな。まあ、無理もないが」

なんというネガティブ発想……！　まあ、生い立ちがアレだし、無理もないよね。

「いいえ、私はダーフィト様と結婚できて、とても嬉しいです。実は、前々から体調を崩しておりまして、結婚式が終わって緊張が解けたところで限界を迎えたようです」

「ふん、口では何とでも言える」

鼻で笑われた。

自分の家の借金の肩代わりをしてもらっているから、耳当たりのいい言葉を口にして、ご機嫌を取ろうとしていると思われているようね。

「ご心配をおかけいたしました」

「別に心配などしていない」

でしょうねぇ……でも、そう言い切られると、ちょっと悲しいわ。

「モニカ、ダーフィト様にお茶の用意を……」

「ああ、いい。長居するつもりはない。本当は結婚式の後に言おうとしたんだが、キミには俺の妻になるにあたって、条件があることを言いにきた。拒否権は認めない」

きた！

「条件、ですか？」

「キミは一生外出を禁止する。社交界に出ることも、誰かを呼んで茶会などをすることも不可だ。キミは社交的だそうだな。だが、例外は認めない。キミが出られるのは庭までだ」

モニカが口元を押さえ、ショックを受けているのがわかった。私は知っているから、特に反応しない。

「ちなみに先ほど、キミの父上にも許可を取ってきた」

「はい、わかりました」

「了承したな」

「はい」

立場上、了承するしかないじゃない。

「約束を破ったら、キミだけでなく、キミの家もどうなるかわからないぞ。それを頭に入れて、生活することだな」

言いたいことを言って満足したダーフィトは、部屋を出て行ったのだった。

ベアトリスは、責任感があったし、何よりあんな両親でも愛していた。だから、ダーフィトと結婚することも文句一つ言わずに了承したし、自分にとって辛い条件も受け入れたのよね。

ゲーム上でそういった描写はないようだったけれど、実際にベアトリスになって、彼女の人生を過ごしてきたからわかる。

ベアトリスは、可哀相な女性だわ。

「こんなのあんまりです……！　ベアトリスお嬢様、お父様に相談いたしましょう……!!」

モニカに声をかけられ、ハッと我に返る。

「あら、呼び方が戻っているわよ。奥様って呼んでくれるんじゃなかったの？」

「あの方の奥様とは、お呼びしたくありません……！　これでは監禁です！　お嬢様は由緒正しきアンデルス公爵家のご令嬢なのに、こんな罪人のような扱いをされるなんてあんまりです！」

モニカは声を荒げ、ポロポロ涙を流す。

私のために、こんなに泣いてくれるなんて……。

「モニカ、心配してくれてありがとう。でも、アンデルス公爵家の状況は、あなたも見てきて知っているでしょう？」

「それは……」

「それにお父様だって許可を出したというのだし、どう足掻（あが）いても変わらないわ。……私は大丈夫よ。心配しないで」

「ベアトリスお嬢様……私にできることなら、なんでもいたします。ですから、どうかお気を確かにお持ちください……」

モニカは私の手を握り、涙をこぼしながら心からの言葉をくれた。

「ええ、ありがとう」

モニカが心配してくれているのが、申し訳ない。だって、私は本当に大丈夫なのだ。なぜなら私は前世で、引きこもり生活を満喫していたのだから――。

学生時代はずる休みは日常茶飯事で、家でゴロゴロしながらゲーム・アニメ・漫画・ネットサーフィン三昧だった。

社会人になってからはそう簡単に休めないから、もうそれが苦痛で仕方がなかった。

とにかく私は、家から出たくない。外に出る支度をするのも面倒だし、出歩くのが怠いし、家でダラダラするのが一番好き。

宝くじに当たったら、絶対外に一歩も出ない生活をする！　そんなことを考えていた私にとって、引きこもり生活は、最高のご褒美だ。

しかも家事もお金の心配もしなくていいから、働かなくていいのよ？　もう最高すぎるわ！

ちなみに友人を呼んで、おもてなしをするなんて面倒！　絶対に嫌だ。自慢じゃないが、前世でも自室に友人を呼んだことなどない。

正ヒロインのクラーラが現れたら離婚になるだろうし、それまでは夢の引きこもり生活を満喫させてもらおう。

あ、離婚する時は絶対たんまり慰謝料を貰って、どこか田舎に家でも買って絶対引きこもってみせるわよっ！

こうして私の素晴らしき引きこもり生活はスタートした。

「ベアトリス様、お着替えの時間となりました」

「え、もう？」

モニカがガイスト大公家のメイドたちと共に入って来る。

モニカは人前でお嬢様呼びはさすがにまずいと思ったのか、私のことを「ベアトリス様」と呼ぶようになった。

引きこもり生活は最高！　ダラダラできるし、大公家のシェフが作る料理やお菓子はどれも絶品だしね。でも、一日に二度ドレスを着替えさせられるのだけが唯一苦痛だった。

しかも、私が外に出られないのを悲しんでいると思い、気分転換できるようにとめいっぱい着飾らせてくれるものだから、さらに疲れてしまう。

本来のベアトリスなら喜ぶだろうけれど、中身が私だから、申し訳ないけれど嬉しいとは思えない。

正直なことを言うと、迷惑……いや、駄目だ。そんなことを思うのは酷（ひど）い。みんな好意でしてくれているのだから。

「ベアトリス様、本当にお美しいですわ。よくお似合いです！　ね、皆様方」

モニカが他のメイドたちに合意を求めると、メイドたちは笑顔で頷いた。

「ええ、本当にお似合いですわ。まるで女神のようです！」

「旦那様が見たら、さぞかしお喜びになるでしょうね！」

「は、はは……」

思わず苦笑いを浮かべてしまうと、メイドたちがハッと口元を押さえる。

ダーフィトと顔を合わせることはない。彼は自室で食事を取るし、夫婦の寝室にも現れることがないので、初夜もまだなのだ。

つまり私は監禁生活を強いられ、友人も呼べず、女性としての喜びすらも与えられない可哀相な人として見られている。

というか、どうしてダーフィトは、私を抱こうとしないのかしら。

ベアトリスは可愛くて、美人だ。少女のような愛らしさもあり、大人の色気も兼ね備えていて、いいとこどりな容姿をしている。

胸だって大きいし、腰はキュッとくびれていてスタイルだって抜群だ。それなのに、どうしてダーフィトは手を出そうとしないのだろう。

不能……なわけないか。

十八禁乙女ゲームの隠しキャラなんだもの。それはありえないわ。あ、主人公にしか欲情しない設定？

「も、申し訳ございません。奥様……」

「いいえ、気にしないでいいのよ」

むしろごめんね……！　という気持ちでいっぱいになる。

「ベアトリス様、こちらの髪飾りもつけてみませんか？」

「あ、ううん、今ので大丈夫よ。というか、これからはこんなに気合いを入れて着飾ってくれなくていいわ。どうせ家の中で過ごすだけだし、誰かに見られるわけでもないし、最低限でいいのよ」

モニカとメイドたちが口元を押さえ、悲しそうに目を伏せた。

え？　何？　………あ、出かけられないし、ダーフィトにも見てもらえないんだから、オシャレする必要ないって言っているように聞こえる⁉

みんなが発言に困っているようだった。

あああああ、空気を悪くしてしまった……！

よく考えたら、モニカが別の髪飾りを提案してくれたのも、変な空気を変えようとしてくれるためだったのよ。

どうして、さっき気付けなかったのかしら！

前世で引きこもりすぎて、人付き合いをしてこなかったせい？　でも、ベアトリスとして生まれ変わってからは、色んな人と関わってきたのにっ……！

「や、やっぱり、その髪飾りつけてみようかしら。すごく素敵よねっ！」

そう言うと、モニカとメイドたちは嬉しそうな笑みを見せる。

「ええっ！　ぜひ！」

「奥様、こちらのルビーのイヤリングもいかがでしょうか？」

「いいわねっ！　つけてみるわっ！」

「奥様！　こちらのレースの手袋も素敵ですわ！」

「うんうん！　いいわね！　とっても素敵よっ！」

自分で悪くした空気を全力で良くしようと努力した代償に、その後の私はぐったりとして過ごしたのだった。

第一章　ヤンデレ夫の重い愛

私が前世の記憶を取り戻してから、一週間が経とうとしていた。

相変わらずダーフィトと会うこともなく、彼が夫婦の寝室にくることもないので、私は清い身体のままだ。

今日も私は、シェフのお手製のお菓子をパクパク食べながら、自室で本を読んでいた。大公家の書庫は様々なジャンルの本がたくさん置いてあり、本に困ることはない。

今はクレマチス大国で昔から有名な冒険小説（全十五巻）を読んでいる。私が最も好きなジャンルは恋愛小説なのだけど、この小説には一切の恋愛が出てこない。

でも、まったく恋愛要素がない中で、妄想でカップリングを誕生させて読むのもまた楽しいのよね。

今まで何組ものカップルを脳内で誕生させてきたわ。

「ベアトリス様」

「ん？　どうしたの？」

モニカに呼ばれ、私は本から彼女に視線を移す。

「本日はお庭に出てみませんか？」

「え、どうして？」

そう尋ねると、モニカの表情が暗くなる。

「え、えっと、この一週間ずっとお部屋にこもりっぱなしですし……その、お部屋にいると、ご気分が暗くならないかなぁ……と」

「いえ、別に？」

……は！　普通の人からしたら、一週間部屋にこもっているのは普通じゃないのか。特にベアトリスは社交的な女性だったし、なおさら異質に見えるのかも。

「そ、そうね！　今日はせっかく良いお天気だし、お庭に出ましょうか」

本に栞（しおり）を挟んで閉じて立ち上がると、モニカが嬉しそうに笑う。

「はいっ！　まいりましょう！」

自室を出て、廊下を歩いているあたりで疲れてきた。

この屋敷、広すぎよね～……。

庭に着くまで何分ぐらいかかるのかしら。もう帰りたいわ。

でも、そんなわけにはいかないわよね。モニカが「ご気分が優れないのですか⁉」って心配するに決まっているもの。

目の前に階段が見えた。

うげぇ……下りたくない。帰りは当然上るのよね。嫌だわぁ……ただでさえ階段昇降はきついのに、重いドレスを着てはさらに辛い。

そういえば、一つ上の階がダーフィトの自室だったわね。

「ねえ、ダーフィト様はお元気なの？」

「実は数日前からお部屋に閉じこもっていらっしゃるそうで……」

「え、そうなの？」

引きこもり？　いや、私じゃないんだから、ありえないか。

「はい、使用人全員、入室を固く禁じられています」

「入室禁止？　どうして？」

「詳しくはわからないのですが、お食事は扉の前に置いているのですが、まったく減っていない様子で……」

「ええっ⁉　ダーフィト様が部屋に閉じこもってからどれくらいが経つの？」

「二日です」

「二日も食べてないの⁉」

まさか……。

嫌な想像をしてしまう。

いやいやいや、ダーフィトは重要キャラよ。死ぬなんてことはありえないはず。多分……！

「何度かお声がけしていて、お返事はあるようです。お食事と一緒に飲み物も置いているのですが、そちらだけは、お部屋の中に持っていかれていると聞いております」

よかった。生きてはいるのね……！

「お庭に行く前に、ダーフィト様のお部屋に行くわ」

重いドレスを引きずりながら、階段を上った。

ダーフィトの部屋は見るからに特別という扉で、精緻な装飾が施されている。扉の前には、手つかずの食事が置いてあった。

扉をノックしても、返事がない。

え、えぇぇ？　大丈夫なのかしら。

扉に耳を当てると、咳が聞こえてくる。

……咳⁉　あれ、もしかして、風邪引いてる⁉　寝込んでる⁉　だとしたら、私の風邪が感染ったんじゃ……。

結婚式の時、誓いのキスをした。軽く触れただけだけど、風邪が感染ってもおかしくない。

ヤバい。私のせいじゃん！

「……ベアトリス様、もう行きましょう」

「モニカ、そんな薄情なことを言うなんて、あなたらしくないわよ？」

「だって……！　ダーフィト様は、ベアトリス様に酷いことを……」

モニカは悔し気に顔を歪める。

「モニカ、私はこの状況に満足しているのよ。だから酷くなんてないの」

「そんなわけありません……」

心配かけるのは心苦しいから、早いところ私が辛くないってことを信じてほしいんだけど、今はそれどころじゃないわ。

「放っておけないわ。ダーフィト様、入りますね」

「あっ！　ベアトリス様、いけません！　入室は固く禁じられていて……」

「禁じられたのは、使用人たちでしょう？　私は言われていないわ。モニカはそこで待っていて」

ノックもせずに部屋を開けると、案の定ダーフィトはベッドに横になっていた。昼にも関わらず、カーテンは閉じたままだった。

「ダーフィト様？」

近付くと顔が真っ赤だ。それに息も荒い。

絶対、私の風邪感染ってる……！

「……っ……誰だ……？」

ダーフィトはサイドテーブルに置いてある眼鏡を取り、かけてこちらを睨んだ。

「ダーフィト様、ベアトリスです」

「何の用だ……？」

「ずっとお食事を摂っていらっしゃらないと聞きました。心配で尋ねたら、咳が聞こえたものですから入らせていただきました」

こんな状態じゃ、普通の食事ができるわけがないわ。食事が減らないわけね。

「心配……？　キミが……？　俺に媚を売っても……条件を変えるつもりはないぞ」

いや、変えられたら困るのよ。

「どうぞこのままで」

どれくらい熱が上がっているのかしら。

額に触れて熱を測ろうとしたら、ダーフィトに払いのけられた。

ええ～？　触られたくないの？　嫌われたものね。

「……っ……やめろ、また、呪いが移ったらどうする……」

…………え？

「いえ、呪われたくはありませんが、ダーフィト様の呪いは、もう解けていらっしゃるじゃないですか」

「……だが、キミは………じゃないか」

んん？　小さい声で聞き取れなかった。

「え？　なんですか？　なんて仰（おっしゃ）ったんですか？」

「結婚式で誓いのキスをしたら、キミは高熱を出して、倒れたじゃないか……」

私が倒れたのを、自分のせいだと思ってたの⁉　この前は、自分との結婚が相当嫌だったんだろうとかなんとか言っておきながら⁉

もしかして、他の人に呪いを移してしまうかもしれないから、誰も近寄らせずに一人で閉じこもってるってこと？　もう呪いなんて解けてるのに⁉

何それ、優しい。それに不器用だし……。

目の前で苦しんでいるダーフィトが、とんでもなく可愛く見える。

……って、キュンキュンしてる場合じゃないわ！

「失礼しますね」

額に触れると、相当熱い。

「呪われても、知らないぞ……」

ダーフィトは、ゼエゼエ息を荒げながら言ってくる。

「もう、ダーフィト様の呪いは解けたでしょう？　そして、ダーフィト様が呪いを移したのではなく、私が風邪を感染したんです。モニカ！」

扉の外で待機しているはずのモニカに声をかけると、彼女が恐る恐る入ってくる。

「は、はい、ベアトリス様……」

「私の風邪をダーフィト様に感染してしまったみたいなの。すぐに主治医を呼んで！」

「かしこまりました……！」

モニカが出て行った後、ベルを鳴らしてメイドたちを呼ぶ。

「旦那様、いかがなさいま……ベアトリス様！　いかがなさいましたか？」

「酷い熱なの。洗面器に冷たいお水を持ってきて。タオルもね。それから消化に良い食事を持ってきて」

「かしこまりました……！」

「あなたは窓を開けて換気して。その後は部屋の加湿をして」

「はい！　奥様！」

「余計な……ことをするな……」

「はいはい、体力がなくなりますから、大事なこと以外は喋らないでくださいね」

私はダーフィトから眼鏡を没収し、サイドテーブルに置いた。

逆らう元気は残っていないみたいね。

ダーフィトは私をジトリと睨むと、辛そうに何度か瞬きをし、やがて目を閉じた。閉じたというか、開けていられなくなったって感じだ。

「奥様、冷たいお水を入れた洗面器とタオルをお持ちしました」

「ありがとう。あ、私がやるわ」

「えっ！　そんなことは、私が……」

「いいのよ。それを頂戴」

「か、かしこまりました……」

用意してもらった洗面器を受け取り、冷たいタオルを額に載せてあげると、険しい表情が少しだけ綻(ほころ)んだ。

三十分ほどで主治医が到着した。ダーフィトは眠ったまま起きない。ちょうどよかった。起きていたら、呪いが～……って騒ぐから。

眠ったままで診てもらうと、やっぱり風邪だった。

あーあ、完全に感染しちゃったわね～……！

主治医が帰ってすぐに、メイドがスープを運んできてくれる。

「あ……旦那様、眠ってしまわれましたか。後でまた持ってきましょうか？」

「いいえ、何も食べてないし、お薬も飲んでほしいから起きていただくわ。ダーフィト様、起きてください。野菜のスープを作ってもらいました。少しでいいので食べてください」

ダーフィトはぼんやり目を開けると、顔を背けた。

「ダーフィト様、野菜のスープですよ。召し上がってください」

「いらない……」

「駄目ですよ。この二日何も食べてないんですから。それにお薬だって、胃に何か入れないと飲めないんですからね。はい、身体を起こしますよ」

「……っ……さ、触るな……」

「はいはい」

男の人の力とはいえ、高熱の上、何も食べていなくて力の入らないダーフィトなんて、軽くあしらえちゃうもんね
「あっ！　私たちが……」

モニカとメイドが慌てて止めようとする。

「ああ、大丈夫よ。ダーフィト様ったら、もう呪いが解けているのに、触ったら呪われるって気にしちゃってるのよ。私が起こすから、背中にクッションを入れてあげてくれる？」

「かしこまりました」

「よいしょっと」

ダーフィトを抱き起こし、クッションを入れられたのを確認して手を離す。

「これでいいわ。さあ、食べますよ」

「どんなに媚を売っても……無駄だ……キミを外に出すことはない……」

「はいはい、それさっきも聞きました。ええ、大歓迎ですよ。私は外になんて出たくないんですから。いいから食べて、早く解熱剤を飲んでくださいね」

ダーフィトは渋々半分ほど食べたので、解熱剤を飲ませた。

「汗だくだし、身体を拭いて、着替えた方がいいわね。モニカ、準備してくれる？」

「かしこまりました」

モニカがすぐ準備を整え、持ってきてくれた。

「ダーフィト様、脱がせますね」

呪いを移されるのを気にしていると説明したせいか、今度は誰も交代するとは言わなかった。

「や、やめろ……」

「駄目ですよ。汗が冷えたらどうするんですか。余計悪化してしまいますよ。私が寝こんでいた時は、モニカが拭いてくれていたから悪化せずに済んだんですよ。ね、モニカ」

意識不明だったから記憶にはないけれど、絶対そうに決まっている。

「はい、ベアトリス様」

モニカは嬉しそうににっこりと笑う。

ほら、見なさい！

ボタンを外すと、筋肉質な胸板が露わになる。

めちゃめちゃ鍛えてない……!?　服の上からだと、全然わからなかった。

そういえば、男の人の身体を見るのはこれが初めてだ。前世でも彼氏なんてできたことないしこんな風になってるんだ……。

……は！　見惚れてる場合じゃなかった。

「えっと、拭きますからね」

「一人できる……」

「できません。観念してください」

弱々しく伸ばしてきた手を掴み、腕から拭いていく。

「熱くないですか？」

「一人でできると……言っているのに……」

「熱くなさそうですね。よかった」

へぇぇ……男の人の身体って、女の人と違って硬いんだ。

嫌われて夫婦生活がないから、一生推しの身体を見ることはないと思っていたのに、まさかこんな形で見るとは思わなかった。

なんか意識してきちゃった。ダメダメ……！　推しといえども、相手は病人なのよ。無の心で拭かないと。

無を心がけて拭き終え、上の寝間着を着替えさせた。

「じゃあ、次は下を……」

そのままボトムスを脱がせようとすると、全力で拒否されたので、ここは素直に受け入れる。

後ろを向いている間に、ボトムスを着替えてもらうことにした。

「キミはなんて人だ……まさか、男の下を平気で脱がせようとするなんて、公爵令嬢のすることじゃない……」

「もう公爵令嬢じゃないです。大公夫人です」

「淑女のすることじゃないということだ。揚げ足を取らないでくれ……まったく、キミがそんな人だとは思わなかった……」

すっごく嫌だったのね。ははは……。

ダーフィトはしばらくの間小さな声で文句を言っていたけれど、やがて眠りに落ちた。まあ、文句を言う体力はあるってことよね。よかったわ。

しばらく眺めていると、徐々に穏やかな表情になってきた。薬が効いてきたのかもしれない。

「奥様、こんな仕打ちを受けておきながら、旦那様のご看病を率先なさるだなんて、お優しい方だわ……まるで女神のよう」

「ええ、本当に……普通じゃできないわ」

「そうなんです！　そうなんですよ！　ベアトリス様は昔からお優しい天使のようなお方なんです！」

な、なんか、私への評価が高まってる。

「いやいや、そんな立派なものじゃないわ。私が風邪を感染してしまったから、責任を感じているだけなのよ」

「ご謙遜なさるところも素敵ですわ」

「さすがベアトリス様！」

もう、何も言わないでおこう……。

この高熱だと、タオルがすぐにぬるくなりそうね。すぐに替えてあげないと。

「モニカ、部屋から本を持ってきてくれる？」

「こちらへですか？」

「ええ、今日はここで看病して過ごすことにするわ」

「えっ！　そんなことは、我々使用人にお任せください！」

「いいのよ。お願いできる？」

「……かしこまりました」

モニカは不服そうだったけれど、ここは立場上言うことを聞かざるを得ない。

「みんな下がっていいわ。お疲れ様」

「はい、奥様」

「失礼いたします」

扉の外から、「本当に素晴らしいお方！」「ベアトリス様は本当に素晴らしいんです！」「お綺麗で地位があるお方なのにちっとも鼻にかけずに気さくよね」など、私を褒める言葉が聞こえてきて、背中がむず痒くなる。

否定したらまた褒められそうだから、黙っていよう……。

私はモニカに持ってきてもらった本を読みながら、ダーフィトの額のタオルを替え続けた。

時計の針は、次の日を刻み始めていた。

「んん～……」

ずっと同じ体勢で本を読んでいたから、背中が凝ってしまう。伸びをしてため息を吐くと、心地いい疲労感がやってきた。

こんな時間まで本を読むのは、前世ぶりだわ。

いつもはモニカに夜更かしをしてはいけないと明かりを消され、強制的に読書を終了させられていた。でも、今日はそれがないから思う存分読書ができている。

本来、私は真夜中にこうして読むのが好きなのよね。カップリングの妄想もはかどるわ〜〜！

おっと、そろそろタオルを替えてあげないと……！

薬がよく効いてくれているみたいで、ぬるくなる頻度が少しだけ遅くなってきた。

タオルを替えてあげると、ダーフィトがぼんやりと目を開けた。

「あ、起こしてしまいました？　すみません」

「……キミは……何を……している……？」

「ぬるくなったタオルを、冷たいものに替えていますよ」

「そうじゃなくて……なぜ、ここにいる……」

「熱が高いので、タオルがすぐにぬるくなっちゃうんですよ。だから、ずっと傍に居て、頻繁に替えた方がいいかなーと思いまして」

「……そんなことは……使用人に任せればよかっただろう……」

「でも、風邪を感染したのは私ですし、それにダーフィト様、絶対すぐに使用人たちを追い出しそうなんですもん」

「…………」

黙っているけれど、図星を突かれたと思っているのだろう。

「使用人は雇い主の命令に逆らえませんしね。あなたに出ていけと言われたら、それまでなんですよ。

それなら私が傍に居て看病しようかなって。読書もはかどりますしね」

「キミにも出て行けと言ったはずだが……」

「私はあなたに雇われているわけじゃありません。妻ですから」

「……妻」

「そうです。妻です。女主人ですからね」

「妻……」

「そうです」

まあ、借金を肩代わりしてもらっているから、立場は弱いんだけどね。

「でも、見つけられてよかったですよ。風邪を感染した私が言うなって話かもしれませんが、あのまだと死んでいてもおかしくなかったんですからね？　体調を崩した時は、ちゃんと周りの人を頼らないといけませんよ」

そうだ。水分補給をさせた方がいい。

グラスに水を注いでいると、ダーフィトが何か言った。水のそそぐ音でかき消されるくらいの小さな声だった。

「え、なんですか？」

「…………キミにとって、俺は死んだ方がよかったんじゃないか？」

「は?」

「後継ぎはいない。俺が死ねば、借金はなくなる。ガイスト大公家の莫大な財産はキミのものになる。外出だろうと、社交だろうと好きにさせてくれる男と再婚できるんだ。俺など死んだ方がいいだろう」

外出? 社交? ゾッとする。

「何を言っているんですか。私はダーフィト様に生きていてもらわないと困るんですよ。早く元気になって、嫌味の一つや二つ言えるようになってください」

お金は欲しいけど、それは遺産じゃないのよ。慰謝料! 他の男性と再婚させられて、社交界に出されるのはごめんだわ。私は一生引きこもりライフを楽しむんだからねっ!

ダーフィトは目を丸くし、ブランケットを引き上げて頭まですっぽりかぶった。

「……………そうか」

「あ、寒くても、ブランケットを頭までかぶるのはやめてください。頭は冷やさないと駄目なんですよ」

「うるさい……」

グイグイ引っ張ると、顔が赤くなっていた。

「ほら、熱くて、顔が赤くなっているじゃないですかっ! それから眠る前にお水飲んでくださいね。水分補給をしっかりしないと、脱水症状を起こしますよ」

「キミがそんなにうるさい人だとは思わなかった……」

あれ、嫌われた上に、幻滅されてる？　でも、後には引けない。

「ダーフィト様がちゃんとしてくれないから、うるさく言わないといけないんですよ。ダーフィト様のせいです！」

お水を飲んだのを確認し、ずれた額のタオルを直して椅子に座り直す。

「まったく、もうっ」

「……部屋に帰らないのか？」

「言ったじゃないですか。タオルを替えるためにここにいるって」

「もう、深夜だぞ」

「眠くなったら勝手に寝るので、ご心配なく」

「俺のベッドで……眠るのか……？」

「病人のベッドを半分占領するような人間じゃありませんから、ご安心を。座ったまま寝ますよ」

「座ったまま⁉」

「ええ、座ったまま眠るのは得意なんですよ」

「部屋で寝ればいいだろう……」

「お気になさらず」

ダーフィトは落ち着かないみたい。でも、体調不良には抗(あらが)えなかったようで、そのうち眠ったようだ。空が明るくなってきた頃、私も座ったまま眠った。

椅子に座って眠るなんてお手の物。前世の学生時代は、机に突っ伏して寝るとバレちゃうから、こうして座ったまま居眠りをしたものだ。

風邪を感染（うつ）しちゃったダーフィトには悪いけど、本もたくさん読めたし、推しの裸も見ることができたし、今日は満足な一日だったわ。

ダーフィトは翌日に熱が下がり、一週間も経った頃には、すっかりよくなったようだった。

ダーフィトの傍について看病をした疲れが残っているということを口実に、彼の看病をした翌日、庭へ出ようというモニカの誘いを断ることに成功。

味を占めて次の日も断って、成功した。

でも、三日目からは、そんなに怠いということは、風邪を貰いなおしてしまったのでは？　と心配されたため、庭へ出ることになってしまった。

花が綺麗だから見て回ろうと言われ、かなり歩かされてとても疲れた。翌日も、さらにその翌日も庭に出ることになり、ちっとも引きこもれない。

歩くし、階段は上り下りするし、とても疲れた。せめてパニエが脱げたら楽なんだけど、そうもいかない。

「それでは、私は下がらせていただきますね。おやすみなさいませ」

「ええ、今日も一日お疲れ様。おやすみ」

扉が閉まると同時に、大きなため息を零した。

「はぁぁぁ～……疲れた」

ちなみにここは夫婦の寝室だ。ダーフィトが来ることはないので、広いベッドを私が独り占めしている。

そして、レースやリボンがたっぷりとあしらわれたナイトドレスを着せられている。

胸元も大胆に開いていて、明らかにそういう時に着るんだろうなぁとわかるようなデザインだ。ダーフィトに見られることもないというのに……。

モニカがしっかり明かりを消していったので、真っ暗だ。

寝る前には本を読みたいんだけどなぁ……。

駄目元でカーテンを開けてみる。

「うーん……」

満月で明るいとはいえ、文字を読むのは厳しそうだ。

この世界の照明は、ランプかろうそくしかない。ランプは置きっぱなしだから、そのうち、モニカに内緒でマッチを手に入れよう。そうすれば本が読める。

問題はどうやって手に入れるか……よね。私の傍にはいつもモニカが付いているわけだし。

「うぅーん……」

ベッドに腰をかけ、腕を組んで悩んでいると扉が開いた。

「モニカ？　何か忘れ物？」

扉の方を見ると、そこに立っていたのはダーフィトだった。

「ダ、ダーフィト様？　どうなさったんですか？」

「……ここは、夫婦の寝室なんだ。俺が入っても問題はないだろう」

「まあ、そうなんですけど……」

問題はないけど、何事？　何の用があってここに？

ダーフィトはツカツカと入ってきて、ベッドに座った。

あれ、ここで寝るってこと？

「何をしていた？」

「え、何をと仰いますと？」

「座って何かを考えていただろう？」

「ああ、寝る前に本を読みたいんですけど、モニカが夜更かしはいけないって、明かりを消しちゃうんですよね。だから、どうにかして、マッチを手に入れる方法はないか考えていたところです。あ、モニカには内緒ですよ？」

「そういえば、俺の看病をしていた時も熱心に本を読んでいたな。キミがそんなに読書家だったとは驚いた」

「そうなんですよ。ガイスト大公家は本が豊富なので、楽しく過ごさせていただいています。まあ、欲を言えば、もう少し恋愛小説が多いといいんですけどね」

昔の恋愛小説は少しだけある。でも、最近のものは揃（そろ）っていない。

「……そうか」

「ところで、どういう風の吹き回しですか？」

「なんのことだ？」

「今まで夫婦の寝室を使わなかったのに、どうしたのかなぁと思って」

「……俺が来たら、嫌なのか？」

月明かりで、彼の顔が見える。

とても不安そうな表情を浮かべ、声はとても小さい。静かな部屋だから聞こえたものの、何か物音があれば絶対にかき消されていた。

私に嫌がられるのを、恐れているの？

え、何それ、可愛い……。

「まさか、嫌じゃないですよ」

そう答えると、安堵の表情を浮かべるのがわかった。

か…………っっっっっ！

可愛い……どうしよう。推しが可愛い……！

「ダーフィト様こそ、嫌じゃないんですか？　私と一緒に眠ること」

「…………別に」

ヤンデレのはずが、ツンデレ～～⁉

「そうですか。嫌われていないのならよかったです」

ベッドに腰を下ろすと、ダーフィトが覆いかぶさってくる。

「きゃっ……ダ、ダーフィト様？　んっ！」

驚いていると、唇を重ねられた。

「な、何を……」

「キミが夜の営みを望まなくても、俺はガイスト大公家の後継ぎを作らなくてはならない」

「は、はい」

てっきりエッチはなしかと思ってたけど、あるんだ⁉

ゲーム中には、ベアトリスとエッチしたかどうかは書かれていなかった。今こうして迫られているということは、きっとしていたのだろう。

十八禁乙女ゲームを買っているんだから、もちろんそういったことにも興味はある。

処女のまま生きていくと思っていたけれど、推しに抱いてもらえるなんて、我が人生に一片の悔いなし！

………悔いはないと言っても、死にたくないので、そこのところは誤解しないでほしい。

ダーフィトが、ちゅ、ちゅっと唇を吸ってくる。

「ん……んん……」

唇を吸われるのって、すごく気持ちいい……。

結婚式の誓いのキスの時は、一瞬触れるか触れないかっていう軽いものだったから、わからなかった。これはハマっちゃいそう。

シュルッと音が聞こえる。何の音だろう。目を瞑（つぶ）っているから、わからない。

……あ、ガウンの紐（ひも）を解く音かな？

音の正体に気付いた瞬間、両手を掴まれた。

ん？　え？

掴まれた手をなぜか頭の上にあげられたかと思えば、ギュッと手首を縛られた感覚がある。

な、何？

唇が離れたと同時に目を開けると、私の両手首はガウンの紐で結ばれ、ヘッドボードに括りつけられていた。

「え……っ!?　ちょ……っ……ダーフィト様、ど、どうして、こんな……」

「途中で嫌になって、逃げられたら困るからな」

さすが、ヤンデレキャラ――……！

「いや、逃げませんし！」

拘束から逃れようと試みるけれど、ビクともしない。

「信用できない」

「そ、そんな……んんっ……んぅ……」

再び唇を塞がれた。角度を変えながら吸われ、やがて長い舌を差し込まれた。

あ、舌が……。

ダーフィトの舌は、とても温かかった。

最初はぎこちなく動いていたものの、すぐに別の生き物のように動くようになり、私の口内をくまなくなぞっていく。

「ん……ぅ……んん……っ……ん……」

き、気持ちいい……！

唇を合わせるだけでもよかったけれど、舌でなぞられるのは、それを遥かに超える快感をもたらしていた。

「……っ……んぅ……ん……んん……」

お腹の奥が熱くなってきた。

触れられてもいない秘部が疼き始め、そこに触れたくなる衝動に駆られる。

「ん……っ」

キスの快感に夢中になっていると、ダーフィトの大きな手が私の胸に触れた。ナイトドレスは薄いから、手の温もりが伝わってくる。

あ……む、胸……胸に触られてる……！

これから身体を重ね合わせるのだから、当たり前の行動だ。それなのに酷く意識してしまい、顔が熱くなる。ダーフィトが唇を離すと同時に目を開けると、私の顔をジッと見てきた。

「な……なんです……か？」

目が慣れてきて、さっきよりもダーフィトの顔がハッキリ見える。

「キミは社交的な女性だ」

「え？　はあ、そう……ですね？」

まあ、記憶を取り戻す前はね？

思えば社交的に過ごしている時も、心の奥底で「面倒だわぁ」とか「疲れたから帰りたい」なんて考えていた気がする。

記憶は取り戻していないけど、地がにじみ出していたようね。

「つまりは、そういうことがあってもおかしくはないということだ」

「そういうことって、どういうことですか？」

「調査書には交際経験がないと書いてあったが、いくらでも誤魔化(ごまか)しはきく」

調査されてたんだ……。

「あの、遠回しに聞くのではなく、はっきり直球で質問していただけませんか？」

ダーフィトは下がった眼鏡を元の位置に戻すと、気まずそうに私から目線を逸(そ)らす。

「……キミには、こういった経験はあるのか？」

そういうことね⁉

「ありませんよ」

即答すると、ダーフィトが逸らしていた目を恐る恐ると言った様子でこちらに向ける。

「本当か？」

「はい」

「社交的なのに？」

「いや、偏見ですよ。結婚するまで貞操を守るのは、貴族令嬢として当然のことです」

守ってない人もいるけどね。

ベアトリスは美しいから、それはもうとんでもなくモテた。お付き合いしたいと言ってくる人はたくさんいたし、夜会の時に一夜限りの関係を求めてアプローチしてくる人もいた。

でも、そんな気にはならない。ベアトリスは公爵令嬢だ。

女性の中では王妃と、母親である公爵夫人の次に位が高い彼女は、厳しく育てられた。

自分の行動の一つ一つに責任が付きまとうことを理解しているため、一時の感情で流され、危うい橋を渡ることはしない。

それでも、ゲームの中でダーフィトから逃げ出そうとしたのは、よほど追い詰められていたのだろう。可哀相に。

「……だが、俺の服を脱がせる時は、妙に冷静で慣れているようだった。あれは他の男の服を脱がせたことがあるからじゃないのか？　し、下まで脱がせようとしてきたじゃないか」

下まで……のところで照れだすものだから、こっちまで恥ずかしくなってくる。

「慣れてませんよ！　病人相手ですよ!?　恥ずかしいし、照れていましたけど、我慢して冷静に努めていたんですっ！」

「そ、そうだったのか。確かに、まあ、そうだな……言われてみれば……うん……」

まさか、そこで疑われると思わなかった。

取り合えず、冷静に振舞えていたのならよかった。心の中は大パニックだったけどね。

「ダーフィト様こそ、ご経験は？」

貞操を守るようにしつけられる令嬢たちとは違い、この国の男性は性に奔放なのが現実だ。

婚前交渉はもちろんのこと、結婚後も愛人の一人や二人いることは少なくない。

なんかそれって、不公平よね。

この国には、他にも女性に生まれたというだけで、不利なことはたくさんある。現代日本なら、確実に炎上するだろうということが、日常茶飯事で行われている。

「呪われた男に、抱かれたい女性がいると思うか？」

もう、呪われてないんだし、たくさんいると思うけど……。

実際、ダーフィトの人気は高い。

呪われていた時も、「呪われてもいいから抱かれたい」なんて言っている令嬢はたくさんいたぐらいだし。

でも、本人は気付いてないんだよね……。

「だから、テクニックは期待するな」

「て……っ……テクニックって……」

なんか、そう言われると急に生々しく感じる。

胸元のリボンを外されると、あっという間に前が開いた。

エッチするために特化したナイトドレス、恐るべし……！

左右に開かれ、胸が露わになる。ダーフィトの熱い視線が、そこに集まるのがわかった。

う……思った以上に、恥ずかしい……！

「……っ……あ、あの、ダーフィト……様……カーテンを……」

「カーテン？」

「開けたままにしていて……月が思ったより明るくて……は、恥ずかしいです」

「ああ、ちょうどいい」

「……え？」

ちょ、ちょうどいい？

「キミの身体がよく見えるからな。カーテンを閉めたいのなら、明かりをつけることになるが？」

わざわざ明かりをつける……!?

「な……っ……ダーフィト様、そ、そういうこと……言う……方、なんですか？」

「どういう意味だ？」

「だ、だって、ずっと夫婦の寝室に来なかったし、そういったことには興味がないのかと……この行為も、その、子供を作るために仕方なく……と思っていたんですけど、違うんですか？」

何、言ってるの？　私！　十八禁乙女ゲームのキャラなんだから、性欲がないわけがないじゃない。

「……………そうだな。正直なことをいえば、性的なことに興味はまったくなかった。だが、変わった」

ダーフィトの手が、私の胸に触れる。

「あっ」

直に触れられるのは、服越しの時とはかなり違った。肌の感触が伝わってきて、温もりもさっきより強く感じる。

「女性を抱きたいと思ったのは、これが初めてだ」

「えっ」

「キミのせいだ。責任を取ってもらう」

そ、それって、どういうこと!?

長い指が食い込むたびに、身体がビクビク揺れてしまう。

「んん……っ」

「それにしても、キミの胸は大きいな。俺の手でも包みきれないぞ。こんな大きくて、歩くのが大変じゃないか？」

「……っ……そ、それは……意識したことなかった……ですけど……んっ……ん……っ……肩は……凝りますね……」

「だろうな。これだけの重量をぶら下げていれば、肩も凝るだろう」

下から持ち上げて、タプタプと揺らしてくる。

「お、重さを確かめないでください……」

「妻のことだ。隅々まで知っておかないとな」

胸の重さまでも……!?

指先で胸の先端をスリスリ撫でられると、尖っていくのがわかる。

「ぁ……っ……んっ」

尖るたび、敏感になっていく。そこを触れられるのはくすぐったくて、でも、それが堪らなく気持ちいい。

「乳首を弄られるのは好きか？」

「……っ……そ、そんなこと……聞かないでくださ……ぁっ……んんっ……」

「答えにくそうにしているということは、好きということか？」

尖った先端を指でキュッと抓まれ、私はビクリと大きく身体を跳ねあがらせた。

「ひぁんっ！」

耳を覆いたくなるほどの恥ずかしい声が出た。

「そのようだな」

「も……ダーフィト様……ぁ……っ」

満足そうに唇を吊り上げたダーフィトの指の動きが、遠慮のないものに変わっていく。膨らみは淫らな形に変えられ、尖った先端は指先で大胆に弄られた。

「ぁんっ！　あっ……ぁっ……だ、だめ……ダーフィト……様……っ……んっ……そこ、ばかり……弄ったら……ぁんっ……ぁっ……は……んっ……や……んんっ……！」

ああ、なんて恥ずかしい声……。

止めたくても、次から次へと出てしまう。手の自由がきかないから、物理的に押さえることもできない。

「駄目という割には、とても気持ちよさそうな表情をしているな？　それに声もいやらしい」

「も……っ……どうして、そういう意地悪なことを仰るんですか……っ！　ダーフィト様の……っ……意地悪……っ！　意地悪、眼鏡……っ！」

頭がぼんやりして、上手い悪口が思い浮かばない。

「意地悪眼鏡ってなんだ……ふっ……ははっ……」

え、そこ、笑うところ？　いや、笑った顔、初めて見た。可愛いんだけど……⁉

「……可愛いな」

あれ？　私、今、言葉に出してた？

「え？」

「キミは可愛い。人を可愛いと思うのは、生まれて初めてだ」

「…………っっっ⁉」

わ、私のこと……⁉

嫌われていないのはわかったけど、まさか好意を持たれているとは思わなかった。

「こういう感情は、案外悪くない。いや、むしろ、心地いいな。いい気分だ」

ダーフィトは私の胸を根元から掴み、尖りを強調させたかと思えば、吸い寄せられるように顔を近付け、尖りを口にした。

「ぁ……っ！　んん……っ……は……ぅ……っ……ぁんっ……あぁんっ……！」

唇でふにふに可愛がっていたかと思えば、舌で舐め転がしてくる。どんどん快感を与えられ、ドロワーズの中は、グショグショに濡れていた。

「ん……ぁ……っ……ダーフィト……様……っ……ン……ほ、本当に……経験……ない……んです……か？　んっ……んんっ」

「俺が嘘を吐いているとでも？」

熱い息が濡れた尖りにかかると、それが刺激となって身体がブルッと震える。手が使えたのなら、彼の頭を掴んで、胸に押し当ててしまいたい衝動に駆られていた。

「だって……その……期待するなって言ったじゃないですか。その、テ、テクニック……」

ダーフィトが顔を上げて、目を丸くする。

「それは、俺の愛撫が気に入ったということか？」

「……っ……ハッキリ、言わないでください……」

恥ずかしくて目を逸らすと、再び胸を吸われた。

「ぁ……んんっ……は……ぅ……っ……んっ……」

「キミに褒められると、いい気分だ」

「ぁんっ……！　ぁっ……ぁっ……」

「ああ……すごいな……弄るたびに、どんどん硬くなっていく……」

唇と舌の感触に夢中になっていると、指が伸びてきてもう一方の尖りを摘まみ転がし始める。

「ダーフィト……様……っ……ぁんっ……は……んん……っ……両方……なんて……ぁっ……んっ……あぁっ……」

「……両方……ああ、そうだ。いいことを考えた」

「い、いい……こと？」

「キミの胸は大きいから、こうすれば、両方同時に口で可愛がることができそうだ」

ダーフィトは私の胸を寄せ、両方の尖りをペロリと舐めた。

「ひゃぅ……っ！」

「ほら、な？」

「そ、それ……いいこと……じゃなくて、淫らなこと……じゃないですかっ……や……んんっ……あぁ……っ」

両方の胸の先端を舌でなぞられ、私は抗うこともできず、与えられる快感をただひたすら貪欲に受け止め続けた。

「………楽しいな。ずっとこうしていたくなる」

「……っ……ずっと、なんて……身が持ちませ……んよぉ……」

長い時間、胸の先端を可愛がられ続けていた私は、もう身体の力が入らなくなっていた。全身の性感帯が敏感になっていて、ビクビク脈打っているみたいだ。

「どうして……経験がないのに、そんなテクニック……持ってるんですか……？」

「俺の愛撫が上手いのではなく、キミが感じやすいんじゃないのか？」

胸の先端をキュッと抓まれ、私はあられもない嬌声(きょうせい)を上げた。

「あぁんっ！　わ、わかんない……ですよ……そんなの……」

「経験はないと聞いたが、自分で弄ったことはないのか？」

「ぁ……っ……い、弄るって……何を……」

頭がぼんやりしていて、意味がわからなかった。でも、すぐに気付いた。

……あっ！　一人でしたことがあるかって……意味⁉

「この感じやすい乳首や、ここを一人で弄ったことはあるのか？　という意味だ」

乳首を指先でなぞられ、ドロワーズ越しに割れ目の間をなぞられた。クチュッと淫らな音が響くと同時に、甘い快感が襲ってくる。

「ひぁん……っ！」

ダーフィトが、弾かれたように指を離す。

え、何？　驚いてる？

「どう……したんですか？」

「まさか、こんなに濡れているなんて……」

「……っ……っ……っ……！　も、もう、ダーフィト様は、さっきから、恥ずかしいことばかり言って……っ！」

「いや、今のはキミが、聞いてきたんだろう？」

「それはそうかもしれないですけど……っ……！　〜〜……っ」

「それで、どうなんだ？」

太腿をなぞりながら、ダーフィトが再び尋ねてくる。

「このたっぷり濡れている場所を、自分で弄ったことはあるのか？」

「ん……っ……な、ない……です」

「本当に？」

手が付け根にまでくると、触れてもらえると期待した秘部がヒクヒク激しく疼いた。

「んん……っ……本当です……」

「自分で開発して感じやすいのかと思っていたが、元々だったのか」

「ひ、人を生まれつき淫らな女みたいに言わないでくださいよ」

じとりと睨んで抗議すると、ダーフィトがクツクッと笑う。

「ふふ。どうしてキミはそんなに面白いんだ？」

「何を笑っているんですか！　何も面白いことは言っていませんよ！」

「いや、面白い」

ダーフィトの笑いのツボがわからない。

まあ、笑った顔が見られたのは嬉しいから、いいけど……なんて思っていたら、ドロワーズの紐を解かれ、ずり下ろされた。

「あ……っ」

足首から引き抜かれ、下半身が露わになった。

う、うわわわわ……想像以上に、恥ずかしい。

ダーフィトは私の両膝に手をかけると、ゆっくりと左右に開こうとしてくる。

「～～……っ……や……ま、待って……」

恥ずかしさのピークに達した私は、足に力を入れて、なんとか閉じようとしてしまう。

我ながら、往生際が悪い！　でも、すごく恥ずかしいんだもん……。

するとダーフィトは、キョロキョロと辺りを見回す。

「え？　どうしたんですか？」

「足を拘束するものを探している」

ヤンデレ――……！

「そんなもの、探さないでくださいっ！」

「嫌なのだろう？」

「嫌だからって縛ろうっていう発想がおかしいんですよ！　というか、嫌で「待って」って言ったんじゃなくて、恥ずかしいからです……っ！」

「そうなのか？」

「そうなんです！　もう、ダーフィト様は、乙女心というものをもう少し学んでください！　心の準備ってものがあるんですよ！　ダーフィト様だって、私に下を脱がされて、局部を見せるのは恥ずかしいでしょう？」

……恥ずかしいよね⁉　だって、熱出した時も下半身を脱がされるのは嫌がってたもんね⁉

ジトリと睨むと、顎に手を当て「確かに」と呟いた。

「なので拘束はやめてください。手も外してほしいんですが？」

「わかった。足は諦める」

手は外してくれないんだ。まあ、全部拘束されなかっただけでも、よしとしよう。

「心の準備はできたか？」

ダーフィトがまた膝に触れる。

「い、いいです……よ」

本当はまだ心の準備なんてできていないけれど、いつになったらできるかわからないから、そう答える。

「あっ！　でも、あんまり見ないでくださいね⁉」

「…………」

「だ、だんまりなんて狡いじゃないですか……っ……あっ！」

膝を左右に開かれ、とうとうダーフィトの眼前に秘部を露わにしてしまう。あんまり見ないでとお願いしたのに、ダーフィトの視線はずっとそこを見ている。

顔から火が出そうだった。

「や……っ……ダーフィト様……っ……見すぎです……っ」

「……教師から聞かされていた話と、全然違う」

「ど、どういうこと……ですか？」

「女性の性器に夢を見るな。男性器がグロテスクなように、女性器も同じだと聞いていたが、こんなにも綺麗じゃないか」

「な……っ……」

どんな教育をしてるのよ……っ！

「朝露に濡れた薔薇みたいだ。いや、朝露にしては濡れすぎだな。土砂降りの後の薔薇だな」

「例えないでください！　薔薇とか言わないで！　土砂降りとかやめてっ！　うう、もうぅぅぅ……っ！」

「牛の鳴き声か？」

「こんな時に牛の声真似なんてするわけがないじゃないですかっ！」

ダーフィトはまた笑う。

この人、本当は結構笑う人なんだ。笑った顔、可愛いんだけど……。

足の間から見える笑顔に見惚れていると、割れ目の間を指でクパリと広げられた。

「きゃ……っ」

「ここが陰核か。思ったよりも随分と小さいんだな？　人によっては大きさも違うと聞いたが、キミはどうなんだろうな」

「し、知りません……比べたことなんて、ないですし……そもそも、他の人のなんて見たこと……ないですから……」

「そうか、プクリとしていて愛らしいな」

か、観察しないで〜……！

恥ずかしくて、顔から火が出そうだ。

羞恥心でどうにかなりそうになっていると、ダーフィトの指がそこに触れた。

「ひぁ……っ……ぁっ……ぁっ……んんっ……だ、だめ……そこ……」

撫でられると、腰が震えるほどの快感がやってくる。

「女性はここに触れられるのが一番気持ちいいと聞くが、本当みたいだな」

ダーフィトは楽しそうに、私の敏感な粒を撫で続ける。

「ぁんっ！　ぁっ……あっ……！　んんっ……ぁんっ……は……ぅ……っ……んんっ……だ、だめ……おかしくなっちゃ……うぅ……っ……あぁ……っ……は……んんっ！」

あまりにも刺激が強すぎて、おかしくなりそうだ。この快感をどう受け止めていいかわからない。

自分が自分じゃなくなりそうで怖い。でも、もっとこの感触を味わいたい。

「可愛い声だな。そんなにいいか？」

「ぁ……っ……ぁっ……気持ち……ぃ……んんっ……やんんっ……ぁんっ……あぁっ」

足元から何かがせり上がってきていて、経験はないけれど、これが頭の天辺（てっぺん）までいけば、さらに気持ちよくなれると本能が教えてくれていた。

「では、こうされるのはどうだ？」

未知の刺激に翻弄されていると、ダーフィトが足の間に顔を埋めて、割れ目の間を舌でなぞり始めた。

「ひぁんっ！　あ……っ！　う、嘘……そんなとこ……舌でなんて……ぁんっ……あぁんっ！　ぁっ……ぁっ……は……んんっ……」

舐められるたびに身体がとろけて、力が入らない。頭がぼんやりしていくのとは反比例して、性感帯が酷く敏感になっていく。

「教師から習った時は、口淫なんて冗談じゃない。気持ち悪いと思っていたのに、キミのはすごくしたくなった……ちっとも気持ち悪くない……むしろ、ずっとこうして舐めていたい……」

「ん……ダーフィト……様……っ……や……だめ……お、おかしくなっちゃ……ぁっ……あぁんっ！　は……んぅっ……」

ダーフィトは蜜をじゅるじゅる音を立てながら吸い上げ、割れ目の間をねっとりと舐めあげていく。

膣口が収縮を繰り返し、新たな蜜をどんどん溢れさせた。

長い指が、膣口を縁取るようになぞってくる。

「んっ……ぁ……」

も、もしかして、中に指を入れようとしてる？

溺れそうな快感に翻弄されながらもドキドキしていると、私の予想通り、長い指が中に侵入してくる。

「んん～……っ」

蜜をまとった長い指がゆっくりと進んで、私の中を満たしていく。

異物感はあるけれど、痛みはなかった。ダーフィトは敏感な粒を舐めながら、指をゆっくりと動かし始める。

「狭いな……こんなに狭くて、男根が入るものなのか？」

ダーフィトが小さな声で何か呟いた。

「え？　な……に……」

「なんでもない。気にするな」

いや、そう言われると、すっごく気になりますが……⁉

でも、敏感な蕾をふたたび舐められると、もう何も考えられなくなる。

中と外の両方に刺激を与えられ、甘い快感が次から次へと襲いかかってきた。

「ぁ……っ……や……中……んんっ……は……んぅ……っ……ぁ……っ……あぁ……っ」

新たな蜜がどんどん溢れ、指が動くたびにグプグチュと淫らな音が聞こえてくる。

「すごいな。どんどん溢れて……まるで泉のようだ……」

「ぁんっ……あぁ……っ……も……わ、私……ぁっ……んんっ……だ、だめぇ……っ」

「舐めるたびに喜ぶようにヒクヒク疼いて愛らしいな」

ダーフィトは小さく笑って、敏感な粒をチュッと吸い上げた。

「ひぁ⁉　……っ……あっ……あぁぁぁっ……！」

足元からせり上がって来た何かが、一気に頭の天辺まで突き抜けていく。私は大きな嬌声を上げ、

ダーフィトの指をギュウギュウに締め付けながら絶頂に達した。

あまりの快感に、呼吸することすら忘れてしまいそうになる。

「すごい締め付けだ。……もしかして、これが絶頂という現象なのか？」

ダーフィトは身体を起こし、私の顔を覗き込んだ。

「へ……？」

気持ちよすぎて、全然聞いてなかった。顔を上げると、ダーフィトが唇を奪ってきた。

「ん……んん……っ……」

ただでさえ呼吸が苦しいのに、唇を塞がれて余計に苦しくなる。でも、やめてほしくない。多分手が使えたなら、背中に回して抱きついていたことだろう。

中に入れられたままの指を動かされると、身体がビクビク跳ねてしまう。

「んん～……っ……んぅ……んっ……んん……」

唇を合わせる音と、中を弄られる淫らな水音が合わさって聞こえ、興奮を煽られる。一本だけでもきつかった中に、もう一本指を入れられた。

「んぅ……っ」

少し痛みが走る。でも、身体から力が抜けているせいか、そこまでじゃない。

「絶頂したのか？　と聞いたが、どうだ？」

「……っ……たぶん……しました……」

「多分？　不確定だな？」

「だ、だって、こんな感覚、初めてなので、わからない……です……でも、その……お、おかしくなりそうなぐらい、気持ちよかった……から……きっとそうなんじゃないかと……思います」

は、恥ずかし～～！

でも、ヤンデレのダーフィトは濁した言い方をすると深読みするし、斜め上のことを考えたりするからハッキリ伝えないと、後々トラブルに発展しそうだ。

「……楽しい」

「え？」

「今、生まれて初めて楽しいと感じている。キミを感じさせるのは、とても楽しい」

「な……っ……」

どんな反応を返せばいいの⁉

「もっと気持ちよくさせたいが、限界だ」

限界？　何が？

ダーフィトはシャツを脱ぎ、下穿きから大きくなった欲望を取り出した。

「……っ！」

でっっっっっっっっか…………！！！！！！！！

え⁉　すっごく大きい。想像した以上に大きい。こんなに大きいのが、私の中に入るの⁉

思わず凝視してしまうと、ダーフィトが頬を染める。

「……見すぎだ。この前も俺の下を見ようと必死だったし、もしかして、男根にものすごく興味があるのか？」

「ちょ……っ……痴女扱いしないでください！　私は淫らな気持ちで見ていたのではなく……そ、その……何と言いますか……」

「邪でないのなら、なんだ？」

「…………っ…………っ…………っっっ！」

いいたとえが思い浮かばない！

「ダ、ダーフィト様だって、私のを見てたじゃないですか……！　淫らな意味で、興味がおありなのでは？」

思わず話をずらすと、ダーフィトは顎に手を当てて考え込み始めた。

いや、深く考えないで⁉

「考えてみれば、そうだな。ああ、その通りだ。俺は淫らな気持ちでキミの秘部を見て、興奮していた」

「みっ……みっ……認めちゃうんですか……っ⁉」

「本当のことなのだから、嘘を吐いても仕方がないだろう。というか、話を逸らしたな？　キミはどういう気持ちで俺の男根を見ていた？」

ダーフィトがズイッと身を乗り出してくる。

うう、恥ずかしいけど、正直に話すしかない。だって相手はヤンデレだもん。また、斜め上の解釈をされたら困る。

「……っ……ダーフィト様が、脱がれたので反射的に……ジッと見てしまったのは……その、こ、こんなに大きいのが、わ、私の中に入るのかな……と思って、身構えてしまったんです……」

いや、何言わせてくれるの!? 恥ずかしいにもほどがあるわ……!

するとダーフィトの顔が、さらに赤くなる。

「……そんなことを考えていたのか」

「は、恥ずかしいので、深く追及するのはやめてください」

「今から自分の中に、俺の男根が入るのを想像していたのか」

「も……だから、追及しないでください！　だ、男根とか言わないで……」

「キミの口から、そんな淫らな単語が出るとは……」

「えっ!?　あ、やだ……つ、つい……って、こういうのは、聞き流してください！　もう、ダーフィト様はデリカシーが……あっ」

ダーフィトが覆いかぶさってきて、私の秘部に自身の欲望を宛がってきた。

す、すごい重量感……！

「キミは俺を興奮させる天才だな。痛いぐらいに勃ったのは、初めてだ」

「い、痛いんですか？」

「ああ、パンパンに張りつめて痛い」

そういうものなんだ……⁉

「まあ、今からキミの味わう痛みに比べたら、可愛いものだ」

熱い欲望がゆっくりと入り口を押し広げると同時に、激しい痛みが襲ってくる。

「ん……っ……い、痛……っ」

思ったよりも痛い……！

「そうか、痛いか……」

ダーフィトが安堵と喜びの表情を見せた。

なんで、そんな表情……⁉

ヤンデレにプラスして、Sっ気もあるわけ⁉

「ちょ……っ……痛いって言ってるんですけど……っ！　なんで嬉しそう……なんですか……っ！」

「そう見えるか？」

「み……えるから……っ……聞いてるんです……よっ……！　う……痛ぁ……っ」

「痛いのは、キミが乙女だという証拠だ」

「え……っ！　ま、まさか、経験……ないって、言ったの……っ……んっ……信じて、なかったん……ですか⁉」

「信じていたが、証拠が見えると嬉しいものだ。そしてキミの乙女を奪えるのも嬉しい。キミは俺だけのものだ」

ダーフィトの青い目は、ギラギラと怪しく光り輝いていた。

「そ、その目……怖いんですけど……っ……んんんん～～……っ……！　本当に……痛い……っ！痛い！　痛い！」

「もう半分だ。耐えてくれ」

「まだ、半分……っ⁉　こんなに痛いのにっ⁉」

目の前が真っ暗になる。

女ばかりがどうして痛みに耐えなければいけないんだろう。不公平だ。

男も童貞喪失する時に、もげそうなぐらい痛ければいいのに！　それから、私が痛がっているのをダーフィトが喜んでいるのにも腹が立つ。

人の気も知らずに～～～……！

「ダーフィト様……っ……手、解いてください……」

「解いたら、キミが逃げ……」

「逃げられるわけ、ないじゃないですか……っ……あなたの、ア、アレが、突き刺さってるんですから……っ！」

ダーフィトがハッとし、頬を染める。

「突き刺さるって、そんな言い方は……いやらしいな」

「変なところに反応してないでください……っ……もう、いいから外してくださいよ……っ！　早くしてくださいっ！」

「わかった」

ダーフィトは腰の動きを止め、私の手首の拘束を外した。

はあ……ようやく楽になった。

「痛かったか？」

「手首を心配する前に、もっと別のところを心配してくださいません？」

私はダーフィトをジロリと睨み、自由になった手を彼の広い背中に回す。

「ふぅ、これでいいです」

「俺に抱きつきたいから、外してほしかったのか？」

「そうですよ」

「そ、そうだったのか。それは、悪いことをしたな」

やや、嬉しそうに見えるのは、きっと気のせいではないはず。

再びダーフィトが腰を進めてきて、痛みが走ると同時に、私は彼の背中にブスッと爪を食いこませた。

「背中が痛いな？」

「ふふ……私の痛みを少し分けさせていただきました」

こんなことなら、先端を尖らせておけばよかったわ。いや、ギザギザにしておけばよかったかしら？

「なるほど……キミは本当に面白い人だ。まあ、俺ばかりが気持ちいい思いをさせてもらうのは、不公平だからな。好きにしていい」

「ありがとうございま……痛〜〜……っ！」

腰を進められると痛みが走る。私は不満と憎しみを込めて、さらに爪を食い込ませると、ダーフィトが苦笑いを浮かべる。

「遠慮がないな……まあ、そういうところもいい……」

ふ、ふふ……私だけじゃない。痛いのは私だけじゃない。頑張れ、私……！

ダーフィトにも痛い思いをしてもらうことで、なんとか全部受け入れるまで持ちこたえることができた。

「全部……入ったぞ……」

身体の中がありえないほどに広がっているのがわかる。もう一ミリたりとも隙間がない。途中、メリメリという音まで聞こえた気がする。

「……っ……ベアトリス、キミの中は……すごくいい……」

「そ……う、です……か？　私は、とんでもなく……痛いです……が、喜んでいただけて……何よりですよ……」

死んだ目で答えた。

さっきまでは味わったことのない快感にとろけそうで、ずっとこの時間が続けばいいと思うほどだったけれど、今は一刻も早く終わってほしいという気持ちでいっぱいだ。痛すぎる。

まあ、推しが、私の身体で気持ちよくなってくれるのは、気分がいいけれど――でも、痛い。本当に痛い。

「経験を重ねるうちに、気持ちよくなれるそうだ。だから、今日は頑張って耐えてくれ」

「頑張ります……けど、なるべく早く……済ませて……くださいね？」

動かずにいてくれているから、痛みに慣れてきた。でも、動かれたら、絶対にまた痛いに決まっている。

「わかっている。というか、キミの中が良過ぎて、長くは持たないから安心しろ」

ダーフィトがゆっくりと腰を使い始めると、やっぱり痛みがやってきた。

「ぁ……ぅ……っ……んっ……んっ……は……ぅぅ……っ……」

先ほどと同じように、痛みを感じるたびに、ダーフィトの背中に爪を刺した。

これだけ食い込んでるんだから結構痛いと思うんだけど、彼はそんなことはお構いなしというように私の中に欲望を擦りつけていた。

「……っ……なんて……締め付けだ……ヌルヌルで……熱くて……おかしくなりそうだ……ベアトリス……清楚な顔をして、中身はなんて淫らなんだ……」

「ちょ……っ……い、嫌な……ことを言わないで……ください……っ……んんっ……ぁ……っ……」

普段なら聞き流せるかもしれないけれど、痛いから腹が立ってくる。

「褒めているんだ……キミの中は……男を堕落させる……聖人すら、この快感には敵わない……はずだ……」

「褒められている……んっ……気がしませ……んん……っ……んぅ……っ……は……んんっ」

擦りつけられているうちに、痛みが治まってきた。すると、ダーフィトの反応を見る余裕が出てくる。

私の中で気持ちよくなっているダーフィトは、とても艶やかで、見てはいけないものを見ているような気分になって、興奮を煽られた。

「痛みが……治まってきた……のか？」

「ん……っ……ど、う……してわかるんですか……？」

「背中への攻撃が、緩んできたからだ」

「こ、攻撃って……ぁ……っ……んん……っ……少し……は……マシに……なってきました……んんっ……慣れて……きたのかも……」

「そうか、よかった」

ダーフィトはホッとしたような笑みを浮かべ、私の髪を撫でてきた。

「し……心配、してくれるんです……か？　……んっ……ダーフィト様……が？」

「人を何だと思っているんだ。心配ぐらいするだろう」

「ダーフィト様が……っ⁉」

「何を驚いている。失礼だな……ああ……もう少しで、出そうだ……」

「本当……ですか？　は、早く……してください……」

「急(せ)かされると、複雑な気持ちになるな……」

「いいから、早くしてください……っ！　慣れてきただけで……んっ……い、痛いことは痛いんですからぁ……！」

「す、すまん」

ダーフィトの腰の動きが速くなり、やがて私の一番奥に情熱を放った。中で彼のが脈打っているのがわかる。

ダーフィトは私の上に倒れ込み、乱れた呼吸を整える。その間も彼の欲望は脈打ち、私の中にドクドクと注いでいた。

「ベアトリス、終わった……」

「お、お疲れ様……でした……？」

「なんだ、それは」

ダーフィトはククッと笑い、私の首筋にキスしてくる。

「ぁ……んんっ……」

「こら、やめろ」

「え、何もしていませんよ？　ダーフィト様がキスしてきたんじゃないですか」

「している。中をギュウギュウと締めるのは、やめてくれ。もう一度したいのを我慢しているのに、煽ってくるな」

「ひぃ！　二度目は無理です！　というか、意識してやってるんじゃないです……！　嫌なら、早く……ぬ、抜いてください……っ！」

「……それは、名残惜しいな」

「ふざけないでください……っ」

「本気だが」

「な……っ……もう、いいから、早く抜いてくださいってば～～～～……！」

こうして、永遠に訪れることがないと思っていた私とダーフィトの初夜は、無事（？）に終えることができたのだった。

第二章　監禁終了なんて嫌！

「ベアトリス様、今日もお部屋に閉じこもったままでしたね」

「外に出る体力なんて、残ってないもの……」

入浴前、モニカがいつものように髪を解いてくれる。

初エッチしてからというもの、ダーフィトは毎日のように私を求めてくるようになった。

痛みがなくなってからは、一晩のうちに何度もしてくるので、元々ない体力値はマイナスになっていた。

庭を散策する気力なんて残っているわけがない。自室から夫婦の寝室に移動するのすら億劫なくらいだ。

「本当にお疲れ様です……ダーフィト様ったら、少しは遠慮してくださらないかしら！　いくらベアトリス様が魅力的だからといって、毎夜求めるなんて！」

「は、はは……」

こういう話題、恥ずかしい……！

「あ、今日も一人で入るから、後はもう下がっていいわよ」

「かしこまりました……最近、入浴のお手伝いをさせていただけませんね」

モニカがシュンと悲しそうにする。

「ご、ごめんなさい。ちょっと考えたいことがあってね。一人で入りたいのよ」

前まではモニカに入浴を手伝ってもらっていた。

でも、前世の記憶を思い出してからは、ちょっと気恥ずかしくなっちゃったのよね。

洗ってもらえるのは楽なんだけど、恥ずかしさの方が勝ってしまう。しかも、ダーフィトが際どいところにキスマークをつけるものだから、見られたくない。

侍女には私生活すべてをさらけ出すのは、貴族なら普通のことだけど、前世が一般人の私は、どうしても羞恥心を感じる。

でも、断り続けるのは、モニカを傷付けてしまうし……う〜ん。今後、どうしたらいいかしら。

まあ、それは後で考えることにして、今は何も考えずに入ることにしよう。

ガイスト大公邸には、一階に大浴場もあるし、各部屋にバスルームが設置されている。私が入るのは、もちろん自室のバスルームだ。

広いお風呂に入りたい気持ちはあるけれど、それ以上に一階まで行くのは面倒だ。

モニカに下がってもらって、バスルームに移動する。

「んー……いい香り。今日は薔薇の香りね」

モニカはいつも色んなアロマオイルを入れてくれる。私は花に詳しくないから、オーソドックスな香りしかわからない。

髪や身体を洗って、バスタブに身体を沈める。

長い髪って、洗うのが大変だわ……。

前世の時ぐらい短くしたいけれど、この世界の貴族女性は、髪が短いのは子供以外ありえないらしい。

ああ、気持ちいいー……なんか、眠たくなってきちゃった。

眠ってしまわないように気を付けなくては……本来ならベアトリスはすでに死んでいるはずだ。こんなことで帳尻合わせになっては洒落にならない。

今読んでいる本の先の内容を想像しながら浸かることにしよう。

そういえば、初エッチの翌日、書庫に大量の恋愛小説が増えていた。恋愛小説がもっとあればいいのにとこぼしたのを、ダーフィトが覚えてくれていたようだ。

しかも、最新のものも揃っている。あまりに大量のため、読むのが忙しい。嬉しい悲鳴だ。

あのキャラとそのキャラ、ヒロインはどっちとくっ付くのかな~なんて妄想しながら寛いでいると、外に誰かの気配を感じる。

モニカかしら。

「モニカ？　私、一人で入れるから、大丈夫よ？」

返事が来ない。

聞こえないのかしら。まずいわ。入ってきちゃう。

昨日は内腿（うちもも）にキスマークを付けられた。こんなの見せられない。

あわあわしていると、扉を開けられた。

「待って！　モニカ、入ってきちゃ駄目……っ」

そこに立っていたのは、ダーフィトだった。しかも裸だ。

「モニカじゃない。俺だ」

「ダ、ダーフィト様、どうしたんですか⁉　こんな所に来て……っ」

「バスルームに来たのだから、入浴するために決まっているだろう」

「今は使用中ですよっ！　というかここ、私の部屋ですし！　入浴ならご自身のお部屋か、大浴場で……あ、ちょ、ちょっとっ」

ダーフィトは慌てる私なんてお構いなしという感じで、バスタブに入ってくる。お湯が豪快に溢れて、ザーッと流れていく。

「俺の屋敷だ。どこで入っても構わないだろう」

「構います！　もう、出ていってください！」

「……キミは、俺のことが嫌いなのか？」

ダーフィトがあからさまにシュンとする。

「なんでそうなるんですか」

「嫌いだから、出ていけと言うのだろう？」

はい、ヤンデレが出ましたよ。

「違います。恥ずかしいからです」

「本当か？　実は嫌っているのだろう？」

「嫌っていません。恥ずかしいからです」

何度同じことを言わせるんだか……。

「……そうか、恥ずかしいからか」

嫌われていないことに安堵したのか、ダーフィトが身体を寄せてきた。眼鏡をかけていないから、少し幼く見える。

広いバスタブなのに、グイグイ寄ってくるから片方だけ密集して狭い。

「ちょ……っ……ダーフィト様、近寄り過ぎです。狭いですよ」

「じゃあ、こうすればいい」

ダーフィトは一度離れて反対側に背中をかけると、私を後ろ向きに抱き寄せた。

確かに足は伸ばせるようになったけども……！

腰にはダーフィトの腕が、がっちりと絡んでいる。

「今日は何をしていた？」

「部屋で本を読んで過ごしましたよ」

「いつも通りだな」

「そうですね」

「庭には出ないのか？」

「誰かさんが夜に何度も求めてくるせいで、そんな体力残っていません」

「キミだって悦(よろこ)んで、何度も果てていただろう」

「げ、限度ってものがあるんですよっ！　ダーフィト様と私じゃ、体力に天と地の差があるんですからね？　もう少し控えてください」

「……検討しておく。あくまで検討だ」

あ、これ、絶対改善する気がないやつだ。

「ダーフィト様は、どうお過ごしでした？」

「俺に興味があるのか？」

「へ？　あ、はい」

「そうか」

機嫌がよさそうな声だ。どうやら私は、なぜかダーフィトに気に入られたらしい。

「まあ、別に教えたくないのなら、無理には聞きませんが……」

「いや、違う。聞いてくれ」

食い気味で言ってきた。

「ええ、聞かせてください」

「今日は王城へ行ってきた。王家からいくつか管理を任されている場所があって、国王にそのあたりの報告にな」

「そうでしたか。お疲れ様でした」

食い気味だったから面白い話かと思ったら、そんなこともなかった。

「……………それでだな。来月王城で舞踏会が開かれるそうだ」

「へえ、ダーフィト様、出席されるんですか?」

「キミが行くのなら」

「は?」

今、なんて?

「キミが行くのなら、俺も出席する」

「何を言っているんですか。私は外出禁止の約束でしょう?」

「……そうだ。一人では駄目だ。しかし、俺と一緒の時は、出掛けても構わない」

まさか、ベアトリスが死ぬことになった原因が、ここにきて撤回されるとは……。

多分これって、私の機嫌を取りたいためだよね?

「キミは社交的な女性だ。出かけられた方が、嬉しいだろう?」

やっぱり、私の機嫌を取ろうとしてる……!

後ろを向くと、褒められたい子供みたいな表情で私の目を見てくる。

か、可愛い……。

彼のこんな表情を知っているのは、私だけ——でも、これから正ヒロインのクラーラが現れたら、彼女も知ることになるんだと思うと、胸の奥が炎で炙(あぶ)られているようにチリチリと焦げていく。

わかっていたことじゃない。私は本来なら殺される立場にあったのに、こうして生きながらえている。それで十分だ。

十分なはずなのに……胸が苦しい。

ああ、もう、こんなことを考えたら駄目……。

「そうなのだろう?」

「いえ、全然」

「俺に遠慮しているのなら、そんな気遣いは無用だ」

「いや、そういうわけじゃないですよ。単純に行きたくないだけです」

「ダンスは嫌いか？」

「そうですね。動くのは嫌いです。自室でゆっくりしているのが一番好きです。ダーフィト様は、ダンスはお好きですか？」

「嫌いだ。呪いがあったから、誰かと踊ったことはない」

あ、そうだった……。

「ダンスの授業の時は、教師の手を触らないように踊っていたな」

「す、すみません……」

「なぜ、謝る？」

「いや、辛いことを思い出させてしまったと思いまして……」

「構わない。誰かと踊れないことを辛く思ったことはない。今は解けてよかった。キミにこうして触れることができるからな」

「今までよく頑張って耐えましたね。ダーフィト様、えらいです」

私は後ろに腕を伸ばして、手探りでダーフィトの頭を撫でた。

腰に回されたダーフィトの腕に、力がこもる。

「……頭を撫でられたのは、初めてだ」

「あ、嫌でしたか？」

「そんなことはない。……心地いい」

「そうでしたか。じゃあ、よかったです」

幼い頃に頭を撫でてほしいこともあっただろうに……。

幼少期に感じた寂しさが、私で埋まるかはわからないけれど、これからは、こうして撫でてあげよう。

「……ところで、どうして侍女のことはモニカと呼ぶのに、俺のことは敬称をつけて呼ぶんだ？」

「え？　それが普通でしょう？　あなたは私よりも地位がある人ですから。私のお母様も、お父様のことは、敬称を付けて呼んでいましたよ」

心の中では、呼び捨てだけどね。

「俺には、必要ない。モニカを呼ぶように、俺のことも敬称なしで呼んでくれ」

モニカを強調しているのは、気のせいじゃないはずだ。

もしかして、モニカに嫉妬してるの？

「わかりました。ダーフィト、これでいいですか？」

「ああ、それでいい」

満足そうな声だ。

「私、そろそろ出ますね。ダーフィトはごゆっくり」

立ち上がろうとしても、腰から腕を離してもらえない。

「待て、今入ったばかりだ」

寂しいのかしら。

そういうところも、可愛いと思ってしまう。

「私は前から入っているんですよ。もう全身洗いましたし、これ以上お湯に浸かっていたら、のぼせちゃいます」

「じゃあ、俺のことを洗ってくれ」

甘えてる……可愛いけど、正ヒロインが現れた時のことを考えたら、一線を引いておかないと辛いわ。

「ええー？　自分で洗ってくださいよ」

「嫌だ。キミに洗ってほしい」

う……可愛い。

「侍女みたいなことは、したくないか？」

一線を引かないといけないのはわかっているけれど、ダーフィトみたいな人は、下手な線を引くと病んじゃいそうだなぁ……。

「そんなことありませんよ。仕方ないですね。洗ってあげます」

「本当か？」

「嘘を吐いてどうするんですか。今日だけですよ。上がって椅子に座ってください」

「わかった」

もう、嬉しそうな声を出しちゃって。可愛いんだから。

「お湯をかけますよ。目を瞑ってくださいね」

「ああ」

ダーフィトの髪は、サラサラしている。泡を纏うと指の隙間からスルリスルリと落ちて触り心地がいい。

「ダーフィト様……じゃなかった。ダーフィトの髪質って、とてもいいですね」

「そうか？」

「いつもツヤツヤしていますし、こうやって洗うと絹糸を触っているようで気持ちいいです」

ちょっと、楽しくなってきた。

自分を洗うのも面倒だと感じる私が、人を洗って楽しく思うなんて不思議なこともあるものだ。

「俺も気持ちいい。誰かに髪を洗ってもらうのは、物心がついてから初めてだ」

「えっ……あっ」

そうか、呪いのせいで……。

「赤子の時は、犠牲者を出しながら洗ってもらったそうだが、物心がついてからは、一人でしてきたからな」

「そうだったんですね……」

子供が……しかも貴族の子供が、一人で自分の面倒を見ていたなんて、どんなに辛くて、大変だったただろう。

「呪いが解けた後は、侍女にしてもらう気にはならなかったんですか？」

「ああ、触れられたくないからな。入浴も、着替えも、一人でしないと気が済まない」

「……矛盾していません？　今、私に洗わせているじゃないですか」

「キミは特別だ」

ふぅん、特別なんだ……。

「そ、そうですか。まあ、たまになら洗ってあげてもいいですよ？」

「いいのか？」

「毎日は駄目ですよ？　たまにです」

「ああ、わかった」

すごく嬉しそうな声だ。

いや、可愛すぎる……！

後ろから抱きしめたい衝動に駆られてしまうのを、なんとか我慢した。

髪を洗い終え、次は身体だ。えーっと、真正面から洗うのは身体が見えて恥ずかしいし、後ろから洗うことにしよう。

スポンジを泡立て、首から背中を洗っていく。

「ところでキミは、どうして一人で入浴しているんだ？」

「一人で入る方が好きなんです。それからダーフィトが変なところに痕を付けるから、恥ずかしくてモニカには見せられません」

「じゃあ、明日からは俺が洗ってやろう」

「嫌ですよ！　もっと恥ずかしいですっ！」

「隅々まで洗ってやる」

「お断りしますっ！」

腕の間から手を通し、胸を洗う。

身体、大きいわね……なかなか届かないわ。やっぱり、前から洗おうかしら。でも、恥ずかしいし……あ、そうだ。バスローブを羽織ろう。

「ダーフィト、少し待っていてくださ……いっ⁉」

立ち上がると、ダーフィトの足の間が見えた。決して見るつもりはなかった。視界に飛び込んできたと言った方が正しい。

ってそんなことは、どうでもよくて――……すっっっごい勃ってるんですけど……!?

「どうかしたのか?」

どうかしてる！　一部分がすごくどうかしちゃってる！

ダーフィトが振り返る。

「きゃ……っ！　こ、こっち、見ないでください！　裸、見えちゃう……っ！」

「何度も見せてくれただろう」

身体を隠そうとすると腕を掴まれ、膝の上に向かい合わせで乗せられた。

ダーフィト！　当たってる！　でっかくなったアレが当たってる！

「そ、そういう時と、こういう時では違うじゃないですかっ」

「俺はいつだって、キミの裸を見られるのが嬉しい」

「私はいつだって、恥ずかしいです……あの、ど、どうして、その……げ、元気になっているんでしょうか」

目を逸らして、尋ねてみる。

「キミが悪い」

「な……っ……どうして、私のせいになるんですか」

「キミが俺の背中に胸をグイグイプニプニ当てて、俺を誘惑したんだろう」

「グイグイプニ……⁉」

あっ！　さっき後ろからダーフィトの胸を洗おうとした時に、私の胸が当たってたんだ……！　一生懸命だったから、全然気付かなかった！

「まだ、前が全然洗えてないのに、どこへ行くつもりだったんだ？」

「バスローブを羽織ってから、前に回って洗おうと思ったんですよ」

「なぜバスローブを羽織る？」

「いや、だから、恥ずかしいからです……あれ、スポンジは……」

辺りを見回すと、遠くに落ちていた。

「ダーフィト、離してください。スポンジがあっちまで飛んじゃって……」

「スポンジなんてなくても、こうすれば洗える」

「あ……っ」

ダーフィトは私をギュッと抱きしめ、上下に揺らしてくる。

「ほら、な？」

ダーフィトの逞（たくま）しい胸と私の胸が泡でヌルヌル擦れて、淫らな刺激がやってきた。

「や……んん……っ……何が、ほらな……ですか……っ！　もう、淫らなことを……んっ……考えないでくださ……ぁっ……」

揺らされているうち、割れ目の間に大きくなった欲望が挟まった。

え！　ちょ、ちょっと、これは…………っ！

割れ目の間で欲望が擦れ、ヌチュヌチュ淫らな音と共に快感が生まれる。胸の先端はツンと尖って、ますます感じやすくなっていた。

「文句を言う割には、乳首が起（た）っているようだが？」

「や……んんっ……だ、だって、ダーフィトの胸に擦れて……あっ……んんっ……！」

割れ目の間に挟まった欲望が、敏感な粒に引っかかって、甘い刺激を生んでいた。膣口からは蜜が溢れていて、さっきよりもさらに滑りがよくなっている。

「普通に洗うよりも、ずっと気持ちいい。毎日こうして洗うのはどうだろう」

「だ、だめ……や……んんっ……ぁ……っ……んっ……はぅ……んっ」

足元からゾクゾクと何かがせり上がってくるのを感じ、私はダーフィトの広い背中にギュッとしがみつく。

「どうして駄目なんだ？」

「だ……っ……て……こ、こんなの……ぁっ……や……き、来ちゃう……あっ……んんっ……あぁぁぁ……っ！」

私は大きな嬌声を上げて達した。バスルームの中だから、声が反響して恥ずかしい。

「達ったのか？　ただ、洗っているだけなのに？」

「……っ……どこが……ただ、ですか……ダーフィトが、淫らなことをするからです……」

「キミが興奮させたのがいけないんだろう？」

「私のせいにしないでくださ……ぁ……っ……」

ダーフィトはクタリとする私をしっかりと支え、さらに身体を動かし続ける。達したばかりで敏感になった場所を擦られると、辛いくらいの快感が襲ってきた。

「やぁ……っ……い、今……動かしちゃ……だめです……ぁ……っ……あぁんっ！　イッた……ばかりで……や……っ……あぁ……っ」

快感を逃そうと身体を揺らしても、自分から欲望に擦りつける形となって、余計に刺激を求めることとなってしまう。

「ベアトリス……俺も、もう果てそうだ……」

ダーフィトがさらに激しく突き上げてくると、今達ったばかりなのに再び絶頂の予兆を感じ、背筋がゾクゾクと震えた。

「あ……っ……や……へ、変になっちゃ……ぅ……っ」

「ああ、変になるといい」

これ以上達ったら、おかしくなってしまいそう。でも、この快感から逃れる術がない。

ダーフィトは自身の絶頂に向けて激しく突き上げ、私はダーフィトが達するのと同時に、また快感の高みへと昇った。

ダーフィトの欲望が脈打ち、割れ目の間に熱いものがビュクビュクとかかる。石鹸の香りと混じって、淫らな匂いが広がった。

秘部が壊れてしまったみたいに、ビクンビクンと疼く。二度も達っているのに、お腹の奥が切なくて堪らない。

まるで、こっちにも刺激が欲しいと訴えているみたいだ。

「せっかく綺麗に洗ってもらったのに、汚してしまったな」

「も……う、ダーフィト……」

ダーフィトはお湯を汲むと、自分と私の間にお湯をかけて泡を流していく。

「ここは俺ので汚したから、洗い直さないといけないな」

「え？　あっ」

抱き起されて、バスタブの縁に座らせられた。

「ダーフィト、何……するんですか？」

「洗い直すと言っただろう？」

「え、ええ……っ……あっ」

足を広げられて、ダーフィトがその間に入って膝を突く。お湯をかけられ、残った泡とダーフィトの出したものが流れていく。

「興奮しているから、全体的に赤くなっているな」

こんな明るい所で見られるのは、初めてだった。

「や……見ないで、ください……」

「眼鏡をかけて入ればよかった」

ダーフィトが目を細めて、私の割れ目の間を見てくる。

それ、目の悪い人が、ピントを合わせようとしてるやつじゃん！　よく見ようとしてる！

「もう、恥ずかしいから、見ないでください……」

いっそのこと手で目を隠してやりたいけれど、バスタブの縁を掴んでいないと、背中から落ちそうで怖い。

「ちゃんと見ないと、綺麗にできないだろう？」

「み、見なくても、手探りでできるじゃないですか……」

「見ないでまさぐれと？」

「変な言い方をしないでください……」

ダーフィトは石鹸を手に取ると、よく泡立てて私の割れ目の間を指で洗っていく。

「ひぁん……っ」

絶頂に達したばかりで敏感になっている割れ目の間を、ダーフィトの長い指がヌルヌル往復する。

刺激に弱い粒に当たるたび、身体がビクビク跳ねてしまう。

「ただ洗っているだけなのに、随分色っぽい声を出すものだな？」

「……っ……んん……！　だ、だって……ぁっ……ぁんっ」

口を開くと変な声が出てしまうから嫌なのに、ダーフィトはそれがわかっているのか熱心に話しかけてくる。

「ヌルヌルしてきたな？」

ダーフィトが、楽しそうに笑う。

「せ、石鹸……です」

自分の愛液だなんて、ダーフィトが気付いてわざと言っているにしても、恥ずかしくて認められない。

「それにしては、かなりヌルヌルしているが？」

楽しそうにもほどがある。

「知りませ……ん……」

「そうか、知らないのか。おかしいな？」

もう、生き生きしちゃって……！

次々と与えられる刺激で、また絶頂が近付いてくるのを感じる。

「洗い流すぞ」

「え、ええ……」

お湯をかけられる刺激だけでも感じてしまって、変な声が出てしまう。

「綺麗になった」

「……あ、ありがとうございま……す？」

もう、頭がぼんやりして、お礼を言うべきか、そうじゃないのかわからない。するとダーフィトは私の割れ目を指で開いた。

「きゃ……っ……な、ひ、開かないでください……」

「女性のここを洗うのは初めてだからな。ちゃんと洗えているか確認しないと」

目が悪いダーフィトは、割れ目の間に顔を近付ける。

こ、こんな至近距離で見られるなんて～……！

「もう、洗えていますから……や、やだ、近くで見ないでください……っ」

あまりにも恥ずかしくて思わず目を逸らすと、割れ目の間に風がかかる。バスルームには窓なんてない。これはダーフィトの息だ。

「……っ……ダーフィト、顔……近付けすぎ……です……」

「目が悪いからな。つくづく眼鏡をかけてくればよかった」

「そ、そこまで見たいんですか……⁉」

「ああ、見たい」

「も……もう……っ」

羞恥心に耐えながらダーフィトが満足するのを待っていたら、割れ目の間をヌルリと熱いものが滑った。

「ひぁんっ……！　えっ……！　な、舐め……あ……ダーフィト……や……い、今、そこ、舐めちゃ……ぁ……んんっ……！」

「ここを美味しそうに膨らませるのがいけない。こんなの、舐めずにはいられないじゃないか」

ダーフィトは私の敏感な蕾を吸い上げながら、舌先でねっとりと舐め転がしてくる。

「あぁ……っ……や……んんっ……も、もう……無理ぃ……っ……ぁんっ！　あっ……んんっ……ま、また……イッちゃう……んっ……おかしく、なっちゃぅぅ……あっ……や……イッちゃ……ぁっぁっ……あぁぁぁ〜〜〜！」

敏感になりすぎていて、あっという間に達した。今日の中では最速記録に違いない。お腹の奥がグツグツ煮えているみたいに熱い。

何度も達しているのに、ここへの刺激が足りないと一番奥が切なく疼いていた。

「もう、果てたのか？　速いな」

「だ、って……ダーフィト……が……」

もう、身体を支えていられない。

背中から倒れそうになった私を、ダーフィトが支えてくれた。さっき出したばかりなのに、彼の欲望はもうパンパンに張りつめている。

それを見ていると、お腹の奥がさらに疼く。中に入れてもらわないと、おかしくなってしまいそうだ。

「大丈夫か？」

「は、い……」

私はダーフィトにギュッと抱きつき、胸を押し付ける。

「！」

あ、反応してる。

あからさまな反応があると、テンションが上がる。

「ダーフィト……あの、まだ私たち、今日は一つになっていません……ね？」

思わず誘ってしまった。

遠回しだったかな？　もっと直接的に言った方がいい？　でも、それは恥ずかしいし……。

そんなことを考えていたら、私の腰に添えられたダーフィトの手に力が入る。

「キミはまた、そうやって俺の理性を粉々にして……」

ダーフィトは私を壁に押し付けると、膣口に欲望を宛がってきた。

「ぁ……っ……んんっ……ま、待ってください……こ、ここで？　ベッドじゃなくて？」

「ベッドまで持たない」

「す、少しの距離じゃないですか……も……湯気でのぼせちゃ……」

「無理だ」

「ひぁんっ⁉」

ズブリと一気に奥まで挿入され、ゾクゾクと肌が粟立つ。その刺激でまた、イッてしまいそうになった。

「んん……っ！　や……ぁ……い、一気に、入れる……なんてぇ……」

「すまない。歯止めが利かなかった。痛かったか？」

「だ、大丈夫……です……でも、刺激が強すぎて、おかしくなってしまいそ、うです……」

「俺はとっくにキミの色気にやられて、おかしくなっている」

ダーフィトが激しく腰を動かし始め、頭がチカチカするほどの強い快感が襲う。

「ぁんっ！　ぁっ……ぁっ……激し……ぃ……んんっ……ぁっ……んっんっ……ぁんっ！　あっ……

あっ……ダーフィト……だ、め……もっと……ゆっくり……」

「無理だ……腰が、とまらない……」

ひんやりした壁が、身体の熱を冷ましてくれて心地いい。でも、すぐに私の体温が移って、ぬるくなる。

「やぁ……っ……ぁっ……ぁっ……ぁっ……ダーフィト……んんっ……あぁんっ……ダーフィト……」

もう、まともに物が考えられなくて、言葉が出てこない。それでも黙っていられずに、壊れたみたいに何度もダーフィトの名前を呼んだ。

ダーフィトは激しく私を求め、一度達しても萎えることはなく、抜くことなく求め続ける。

そして終わる頃にはお互いすっかりのぼせてしまい、私はクラクラする頭で誘ったことを密（ひそ）かに後悔するのだった。

ベッドに行ってから、誘えばよかったわ……。

数日後――いつものように部屋で本を読んでいると、ダーフィトの侍女のマリーがやってきた。

「奥様、旦那様が仕立て屋を呼んでいるので、ゲストルームにお越しくださいとのことです」

「え、仕立て屋？」

ドレスは十分な枚数があるし、新調する理由はないけど……。

あれ、なんだか嫌な予感がする。

断って部屋に居続けるわけにもいかないので、ゲストルームに向かった。部屋に入ると、ダーフィトと仕立て屋がテーブルを挟んで座っている。

「ベアトリス、来たか」

テーブルの上には、ドレスのデザイン画が何枚も乗っていた。華やかで、自邸で着るデザインとはとても思えない。

もしかして、これって……。

「あの、どういうことですか？」

「舞踏会用のドレスを頼んでいる」

ダーフィトの隣に座って、耳元で小さな声で話す。

「ダーフィト、私、行かないって言ったじゃないですか」

「遠慮することはない。俺が誘ったんだ」

「え、遠慮ぉ？」

行きたいのに、遠慮していると思われてる……！

「違います。本当に行きたくないんですってば……」

「そうなのか？」

「はい、屋敷で、まったりしていたいです」

ガイスト大公邸から王城までは、馬車で片道一時間もかかる。

それに夜参加するというのに、着飾るためには、朝早くから起きなくてはいけない。面倒だ。そんな時間があったら寝ていたい。

それに参加したら、ガイスト大公の妻として振舞わなくてはいけないから、気が抜けない。ダンスも踊らなくてはならない。

美味しい食事やお酒は魅力的だけど、ゆっくり味わっている余裕なんてない。頑張る対価としては、見合わない。

行きたくない……！　行きたくなさすぎるぅぅぅ！

「だが、俺は着飾ったキミが見たい」

「う……」

「キミとも踊りたい……あと、キミが楽しんでいる姿を見たい」

なんでそう、可愛いことを言うかなぁ……。

「駄目か？」

そんなこと言われたら、面倒なんて言えない……！

「……っ……わ…………わかりました。でも、今回だけです……よ？」

「ああ、わかった」

嬉しそうにするダーフィトを見ていると、胸がキュンとして、人目もはばからず抱きしめたくなってしまう。

「……ということで、よろしく頼む」

ダーフィトは待たせていた仕立て屋に声をかけた。三十代ぐらいの女性で、眼鏡がよく似合う美人で、彼の一言でホッと胸を撫でおろしている。

そうよね。ここで舞踏会に行かないということになったら、仕事がなくなってしまうものね。

しかも、すでに何枚かデザイン画がある。私が知らないところで、一度打ち合わせをしていたのだろう。

「かしこまりました。奥様初めまして、ライラと申します。奥様の美しさを引き立たせるドレスを作ってみせますので、どうかよろしくお願いいたします」

「ええ、よろしくね。どれも素敵なデザインだわ」

ベアトリスは綺麗だから、なんでも似合っちゃいそうね。ああ、美人って得だわ。

「ありがとうございます。ガイスト大公様から事前に奥様のお話を伺いまして、考えてまいりました。こちらの服は流行を取り入れ、胸元を大きく開いたものとなります。大きな宝石のネックレスと合わせると良いと思います。こちらの背中を大きく開けたものは、次に流行しそうで……」

「却下だ。デザインし直してくれ」

「「えっ」」

ライラと声が合わさった。

「ダーフィト、どれも素敵ですよ？」

「露出が多すぎだ。キミの肌を他の者に見せたくない」

う、うわぁぁぁぁ……！

二人きりの時に言われるならいいけど、人前で言われると恥ずかしい……！

「か、かしこまりました。では、露出を極力抑えたデザインを考えてまいりますね。色や形などのお好みを伺えますか？」

「えっと……ハッキリした色よりは、淡い色の方が好きだわ」

「優しいキミにピッタリだな」

優しくした覚えがないのですが……？　というか、そういうことを人前で言われると、ものすごく照れる。

ライラの目には、バカップルだと思われていることだろう。いや、夫婦だから、馬鹿夫婦？　どっちにしろ、胸やけしていること間違いなしだ。

「なるほど、では、淡い色合いで作りましょう。ガイスト大公様も同じ生地で作って構いませんか？ご夫婦や恋人でご出席される場合は、どこかお揃いにすることが多いので。一部でも同じ生地を使うといいと思います」

「いや、俺に淡い色は似合わないだろう」

「そうでしょうか？　ダーフィトはなんでも着こなせると思いますよ？　格好いいですもん」

思ったことを口にすると、ダーフィトが頬を染める。

「……っ……そう、か？　キミがそう言うのなら、着てもいい……」

「じゃあ、そうしてくれる？」

「かしこまりました。一週間ほど、お時間をいただいてもよろしいでしょうか」

「構わない。妻に似合う最高のドレスと、妻に褒めてもらえるスーツを頼む」

また、そうやって可愛いことを言う……。

もう、ヤンデレじゃなくて、デレデレになってますから。

でも、それも正ヒロインが現れるまでの期間限定だと思うと、胸が苦しくなる。

「お任せください。ああ、それから、こちらの宝石をご覧になってはいただけないでしょうか？　実は従兄(いとこ)が宝石商でして、預かってまいりました。気に入ったものがございましたら、どうか今後ご贔屓にしていただけましたら」

「見せてもらおうか」

「ありがとうございます！」

ライラは素早くデザイン画を片付けると、鞄(かばん)の中から箱を取り出し、一つ一つ開いて、テーブルに並べていく。

パールをたっぷりと使ったイヤリング、大きなサファイヤの指輪、愛らしいピンクダイヤモンドのブレスレット。

どれも希少で高価なんだろうなぁ。

次に開けた箱のダイヤのネックレスを見て、「あっ」と声を上げてしまった。

昔、夢中だった魔法少女ものアニメで、似たようなデザインのネックレスがあった。すごく欲しかったんだけど、もう中学に上がるっていう年齢だったから、親には買ってほしい……なんて言えなかった。

懐かしいなぁ……まさかこんなところで似たようなデザインを見かけるとは思わなかった。

「ベアトリス、このネックレスが気に入ったのか？」

「あ、いえ、ちょっと可愛いなと思っただけです」

「可愛いと思ったなら、気に入ったということではないのか？　ライラ、これを購入する」

「ありがとうございます！」

「えっ⁉　いらないです！　大丈夫です！」

私の話なんてまったく聞かず、ダーフィトはライラに言われたとんでもない金額の小切手を彼女に渡した。

か、買われた………………！

「もう、付けても構わないか？」

「はい！　もちろんです」

「いや、こんな高価なネックレス、私は……」

「少しも高価じゃないだろう」

金銭感覚おかしい！

ダーフィトはネックレスを手に取ると、私の首に飾ってくれる。

「まあ！　とてもお似合いですわ」

「ああ、すごく似合っている」

「あ、ありがとう……ございます」

鏡を見せてもらうと、確かにすっっっごく似合ってる！　そして可愛い！

前世の子供の頃の夢が、まさか今叶うとは……。

「キミは宝石が好きだったのか？」

「そうですね。嫌いではありませんけど……」

「そうか」

私は何気なく言ったこの時の答えを、すぐに後悔することになる。

翌日、私の部屋に、大量のプレゼントボックスが運び込まれた。広い部屋なのに、足の踏み場もない。

運んできたモニカや侍女が疲れ果て、ゼエゼエ息を切らしている。

「ちょ……こ、これは、一体何事なの……？」

「旦那様からの贈り物です」

「これ全部⁉」

「はい」

「こんなにあるのよ⁉　これ、全部だって言うの⁉」

「はい、全部です」

えぇぇぇーー……。

事情を聞きたくても、今ダーフィトは留守だ。領地の視察へ行っていて、夜にならないと戻らない。

とりあえずモニカだけ残ってもらい、他の侍女たちは下がらせた。

「……と、取り合えず、開けてみましょうか」

「はい！」

取り合えず、手近にあった箱を開いてみるとイヤリングが入っていた。隣を開けるとブレスレットが入っている。

十個開けたが、全部宝石が入っていた。しかも、見るからに高価そう……！

「うわぁ～！　どれもベアトリス様にお似合いですわ！」

「も、もしかして、全部宝石なのかしら……」

「きっとそうなのでは？」

「え、えぇぇ……」

はっ！　この前、宝石が好きって聞いてきたのは、そういうこと!?

「初めは旦那様が憎くて堪りませんでしたが、今はベアトリス様を大切にしてくださっているのが伝わってきますわ。舞踏会のご出席もお許しになってくださいましたし、この調子だとお一人での外出も認めてくださいそうですね」

「は、はは……」

そんなの認めてくれなくていいんだけど……。

「これもベアトリス様の魅力のみせる技ですわねっ！　あの気難しいガイスト大公を夢中にさせるな

んて！　ベアトリス様がその気になれば、国の一つや二つ滅ぼせてしまうのでは⁉」

モニカが興奮した様子で語る。

「滅ぼせないから。まあ、とにかく開けていくから、モニカは包装紙やリボンの片付けをしてくれる？」

「かしこまりました」

開けても、開けても、まだプレゼントの山があって、最初は「綺麗！」「素敵！」と騒いでいたモニカもさすがに疲れ、数時間経つ頃には無言になっていた。

夜、食事や入浴を済ませた私は、残っていたプレゼントボックスを開けていた。

モニカには下がってもらったので、包装紙とリボンを片付けるのも一人でやらざるをえず、時間がかかる。

「はあ……包装紙とリボンがなければ、もう少し早く終わるのに……これ、ラッピングした人も大変だったでしょうね」

独り言を呟いていると、いつの間にか帰ってきていたダーフィトが入って来た。

「寝室にいないと思ったら、こっちにいたのか」

「ダーフィト、お帰りなさい」

ダーフィトが腰をかがめ、私の唇にキスしてくる。

「ああ、届いたのか」

「届いたのか、じゃないですよ。こんなに買うなんて驚きました」

「宝石が好きだと聞いたから」

ダーフィトは得意気な笑みを浮かべる。

「好きなんて言っていません。嫌いじゃないって言ったんです」

「嬉しくなかったか？」

得意気だったダーフィトの顔色が、たちまち曇ってしまう。

私を喜ばせようと思って、ワクワクしながら購入したんだろうなぁ……。

その時のダーフィトを想像すると、胸がキュンとする。

この人、私のことが、本当に好きなのよね。

そして私も、この不器用な人が、推しという意味以外でも好きだ。

あーあ、どうして好きになっちゃったんだろう。これから正ヒロインが現れて、捨てられるっていうのに……。

「いいえ、嬉しいです。ダーフィト、ありがとうございます」

「そうか」

表情から不安が消え、嬉しそうにするダーフィトが愛おしい。

正ヒロインとダーフィトが出会うまで、あと一年ある。この一年間を思い出にして、今後の人生を生きていこう。

だから、今は暗いことを考えずに、ダーフィトの時間を楽しもう。

「どれが一番気に入った？」

「そうですね。このイヤリングとか素敵です。この前、買っていただいたネックレスに合わせられそうで」

「ああ、そうだな。俺も合うと思っていた。それから、あのネックレスに合うようにブレスレットも買ったんだが」

「え、まさか、一つ一つ選んで買ってくれたんですか？」

「ああ、そうだ。……というか、それ以外の買い方があるのか？」

「いや、てっきり、ここからここまで、ぜーんぶください！　的な選び方をしたのかと思っていました」

「そんな買い方をするわけがないだろう。キミのことを思い浮かべながら、一つ一つ見て、選んできた」

す、すごい愛……！　忙しい人なのに、いったい私のために何時間使ってくれたの⁉

「一生懸命選んでくれて嬉しいです。ありがとうございます。この中の宝石で、どれが私に似合うと思いますか？　選んでください」

「わかった。あのサファイヤのネックレスとイヤリング……それから……」

スラスラ出てくるじゃん。

ということは、選びながら、これが一番似合う！　って考えてたってことだよね。可愛い……。

ダーフィトは数ある宝石の中から、自分の一押しを探し出して私の前に並べた。

「全部サファイヤが使われているんですね。ダーフィトの瞳の色と同じです」

「……気付かれたか」

自分の瞳の色をまとわせたいなんて、独占欲が強いというか、なんというか……やっぱり可愛いわよね。

ネックレス、イヤリング、指輪、ブレスレット、ティアラまである。

「ティアラは王族が付けるものじゃないんですか？」

「ガイスト大公家は王家の血が入っているから問題ない。それにキミは、俺の王女様だからな」

「お、王女様って……」

臭い台詞も、ダーフィトが言うと様になる。

サファイヤのティアラを手に取ったダーフィトは、私の頭の上に飾った。

「綺麗だ」

ダーフィトは私の髪を一房取ると、ちゅっと口付ける。

顔が熱い。

ダーフィトの方こそ、王子様みたいだわ……。

「他のものも付けていこう」

「え、ええ……」

ダーフィトの手で、ネックレス、イヤリング、指輪、ブレスレットが付けられた。

「すごく似合う。キミも見てみるといい」

壁に埋め込まれている全身鏡の前に移動した。

確かに似合う。ベアトリスは美人だからね。

でも、ナイトドレス姿なのが惜しい。もう、入浴を終えて休むだけだったので、着替えたばかりだったのだ。

「せっかくの宝石なのに、ナイトドレス姿だと台無しですね。もっとオシャレした時に付けてもらえばよかったです」

「そんなことはない。キミはどんなものを着ていても綺麗だ。……だが、こっちの方が、もっと似合うだろうな」

ナイトドレスの両肩のリボンを解かれた。

「え？」

シュルリと音を立てて、ナイトドレスが足元に落ちた。

「ちょ……っ……きゃっ」

な、なんで脱がすの⁉

思わず両手で胸を隠すと、ドロワーズまで下ろされた。そういう時でもないのに、いきなり生まれたままの姿にされた私は、狼狽（ろうばい）してしまう。

「ダ、ダーフィト、何を……」

「隠しては、駄目だ」

両手を退けられると、宝石を身に着けた裸の私が映っていた。

「ほら、綺麗だ。ナイトドレスよりも、どんな豪華なドレスよりも、ベアトリス……キミはキミであるだけで美しい」

「～～……っ」

「見た目だけじゃない。心もだ」

ダーフィトが首筋にちゅ、ちゅ、とキスしてくる。

「ん……っ……ダーフィト……」

後ろからダーフィトの手が伸びてきて、私の胸を持ち上げてくる。

「あ……っ」

「白い肌にサファイヤがよく映えるな」

「んん……っ」

か、鏡に、全部映ってる……！

ダーフィトの手に包み込まれ、私の胸は、淫らに形を変えていた。

「ダーフィト、私、恥ずかしくて……」

「本当だ。頬や肌が赤いな」

ダーフィトは楽しそうに笑いながら、私の胸を揉み続ける。恥ずかしいのに、興奮して身体が熱くなってくる。

「ん……ぁっ……」

「こっちはルビーみたいに赤くなってきた」

尖った胸の先端を抓み転がされ、甘い刺激が襲ってくる。

「ぁんっ！　ぁっ……あぁ……っ」

思わず目を逸らすと、ダーフィトが私の顎を掴んで真正面を向かせた。

「あっ」

「ベアトリス、見てくれ」

ダーフィトは鏡に映る私を見ながら、楽しそうに胸や先端を可愛がっていた。

「ぁ……んんっ……」

鏡に映る私は、目がトロンとしていて、目を覆いたくなるほど淫らな顔をしていた。

「色っぽくて、可愛くて、とても綺麗だろう？　キミは俺に抱かれる時、いつもこんな顔をしているんだ」

「……っ……は、恥ずかしいです……」

「恥ずかしがっているキミも可愛い……」

ダーフィトは首筋を吸いながら、片手で胸を揉み、もう一方の手を秘部に伸ばす。

「あ……っ」

長い指が割れ目の間に潜り込んできて、敏感な粒を撫で転がし始めた。もうそこはすっかり潤んでいて、指が動くたびにクチュクチュ淫らな音がする。

「や……んんっ……！」

胸の先端まではなんとか立っていられたけれど、秘部を弄られると膝が震えてしまう。

「もう、こんなに濡らしていたのか」

「だ、だって……ぁ……っ……はぅ……んんっ……ぁんっ……」

指の動きと共に、身体がビクビク揺れる。

気持ちよくて、頭がぼんやりしてきた。

「ここを自分で見たことがあるか？」

「こ……こ？」

「そうだ。ここだ」

ダーフィトはニヤリと笑って、私の割れ目を指で広げた。

「ぁ……っ……やっ」

割れ目の間は興奮で赤くなっていて、敏感な蕾はプクリと膨れている。自分の秘部を見るのは初めてだ。

こ、こんな形、してるの……？

たっぷり濡れていて、ランプの光に反射し、テラテラ光っていてものすごくいやらしい。

「どうだ？　すごく可愛いだろう？」

「……っ……ぜ、全然、可愛くないです……こんなの……」

「自覚がないのか？　こんなに可愛いのに……」

胸から手を離したダーフィトは、片手で割れ目を広げ、もう一方の手でそこを弄り始めた。指で弄られるたびに、グチュグチュ淫らな音が聞こえてくる。

「あ……い、嫌……見せないでください……」

「こんなに素晴らしいものを俺だけが見るのは、勿体ないからな。キミにも見せてやりたい。ほら、ますます膨らんできた。ああ、なんて可愛いんだろう」

ダーフィトは恍惚とした表情で、私の秘部を可愛がり続ける。敏感な蕾はプクリと膨れ、膣口からは蜜が溢れ落ち、絨毯に淫らな染みを作る。

「ぁんっ……ぁっ……ぁっ……ダーフィト……た、立っていられなく……なっちゃ……っ……ぁんっ……あぁっ……」

壊れてしまったみたいに、膝がガクガク震える。敏感な蕾を指と指の間に挟まれ、軽く摘まれた瞬間、私は大きな嬌声をあげ、快感の頂点へ押し上げられた。

「や……イッちゃ……ぁっ……ぁっ……あぁぁぁ……っ！」

私は鏡に両手を突くことで、なんとか崩れ落ちずに済んだ。

鏡に映った私は、目がトロンとしていて、さっき以上に淫らな顔をしていた。

後ろから金属音が聞こえた。何の音かわかったのは、ダーフィトが後ろから私の膣口に欲望を宛がってきた時だった。

あ、ベルトを外してたんだ。

「後ろからするのは初めてだな」

「ダーフィト、エッチです……」

「えっちとは？」

あ、つい、前世の言葉が……。

「み、淫らって意味です」

「初めて聞く単語だ。……ああ、そうだな。キミを目の前にすると、俺は世界で一番淫らな男になるんだ」

ダーフィトは私の膣口に宛がったまま、お尻を撫でてくる。

「ぁ……んんっ……」

「可愛い尻だな」

「や……んっ……くすぐった……ぃ……」

奥が疼いて切ない。

早く入れてほしくて、思わず腰を動かしてしまう。欲望が入り口に擦れて、じれったい刺激が伝わってくる。

「ダーフィト……は、早く……ください……」

鏡に映る私は、物欲しそうな顔をしていた。

なんて顔をしてるの……。

そしてダーフィトは、情熱的な目で、鏡越しに私の顔を見つめていた。

「ああ……俺も、もう限界だ……ベアトリス、受け止めてくれ……」

ダーフィトは私の腰を掴むと、ゆっくりと中を押し広げていく。

「ん……ぁ……っ……あぁ……」

中が広げられていくたびに、肌がゾクゾク粟立つ。奥に当たると、膣道が強く収縮するのがわかった。

「すごい締め付けだ……」

ただ入れられただけで、もう気持ちよくて仕方がない。でも、私の身体は、さらなる刺激を待ち望んでいる。

「ダーフィト……」

おねだりするように名前を呼ぶと、ダーフィトはゆっくりと腰を使い始めた。

動くたびにグプッグプッと淫らな音が響き、甘い快感が繋（つな）がっているところから、全身へと広がっていく。

「あぁ……っ！　んっ……んっ……気持ち……ぃ……は……んんっ……」

「……っ……はぁ……ベアトリス……なんて感触だ……堕落して、戻って来られなくなりそうだ……ずっと、こうしてキミの中に、擦りつけていたくなる……」

ダーフィトが動くたびに、付けたままのアクセサリーが揺れてシャラシャラと音が鳴る。

このアクセサリーを使うたびに、今日のことを思い出してしまいそうだわ……。

「ダーフィト……あっ……んんっ……ぁっ……ぁっ……」

「ああ……可愛い声だ。その可愛い声で、もっと俺のことを呼んでくれ、ベアトリス……」

「ダーフィト……ぁっ……ぁんっ！　ダーフィト……んっ……ダーフィト……」

喘ぎ混じりに呼ぶと、ダーフィトは恍惚とした目で私を見つめていた。

「キミに名を呼ばれると……ゾクゾクする……ベアトリス……」

鏡を見ながらするなんて、普通にするよりもうんと恥ずかしくて……口が裂けても言えないけれど、興奮してしまう。

でも、何も言わなくても、ダーフィトは気付いているに違いない。だって、私の身体は、こんなにも熱くなっているのだから。

繋ぎ目からは私のとダーフィトの先走りが混じって、溢れて零れ、絨毯に淫らな染みを作り続けている。

「ぁんっ！　ダーフィト……私、イッちゃ……っ……ぁっ……あぁぁっ……！」

足元に絶頂の予兆を感じると同時に、私はダーフィトの欲望をギュウギュウに締め付けながら達した。

「ベアトリス、俺も……もう……出る……」

私に思いきり締め付けられたダーフィトは、間もなく私の一番奥に情熱を放った。

中にビュルビュルと彼のものが満たされていくと同時に、胸の奥までも幸福で満たされるのを感じる。

「中から、吸われている……みたいだ……気持ちいい……」

「ダーフィトも気持ちよくて……よかったです……」

中に入ったままのダーフィトの分身は、まだ硬いままだ。

「ベアトリス、もう一回、いいか？」

「ん……今度は、ベッドで……」

「ああ、そうしよう」

私の部屋にも、ちゃんとベッドはある。ここ最近は使っていないが、モニカが綺麗に整えてくれている。

「でも、その前に……」

ダーフィトは私の中から自身を引き抜くと、私を前に向かせ唇を重ねてきた。

「んん……」

「ずっとこの可愛い声を出す愛らしい唇を吸いたくて、堪らなかった……」

「ダーフィト……ん……っ」

「鏡越しにするのも、後ろからするのもいいが、キミに口付けができないのは寂しいな」

「ふふ、ダーフィトったら……」

また、可愛いことを言うんだから……。

私たちはベッドに移動して再び愛し合い、今日は私の部屋で休んだ。そして翌日、正気になった私は鏡の位置を見て青ざめた。

思いきり廊下側じゃない……！

使用人たちに声が聞こえたんじゃないだろうかと羞恥心に苛(さいな)まれ、ダーフィトにそれをぶつけたが、彼はまったく気にしていない様子だった。

もう、変なところに敏感で、変なところが鈍感なんだから……！　どうなっているのよ！

第三章　失いたくない存在

ガイスト大公家は、魔女ビアンカに呪われている。正確に言えば、呪われていた。

初めての記憶は、自分を化け物のように見る両親の姿だった。

ガイスト大公家に夫と子を殺された魔女は、初代大公と子孫たちが他の者に触れると、その者が不幸になってしまうという呪いをかけた。

不幸になる……とは、随分と大雑把(おおざっぱ)な内容だが、逆にそれが恐ろしい。とても小さなこともあれば、命を落とすようなこともあった。

初代大公は愛する妻や子供たちに触れることができなくなってしまった。

誤って妻に触れた時には、バルコニーの手すりが折れ、二階から転落して腰の骨を折り、一生車椅子での生活になってしまったそうだ。

大公が亡くなった後も、呪いは受け継がれた。

『次はその子の番だ』

大公家に子孫が生まれると魔女が現れ、そう告げていく。

だいたいは長男ということが多い。魔女の気まぐれで次男ということもあったが、それは稀なことだった。

魔女の呪いを恐れたガイスト大公家は、子供を授かったことを隠したこともあった。だが、魔女はなぜか出産と共にやってくる。まるで覗き見ているかのように。

『次はその子、ダーフィトっていうの？　ふふ、良い名ね。どうか私のように不幸になってちょうだいね』

そして次に呪いを継承したのが、俺だった。

一人で身の回りができるようになるまでは、誰かの手を借りなければ生きていけない。ガイスト大公家が呪われているのは有名なので、両親は先祖たちがそうしてきたように、通常よりも高い金額で人を雇い、俺の世話をさせた。

一日目が紙で手を切るような小さな不幸しかなくて、なんだ。こんな程度か。これでこんな高収入なら、素晴らしいことだ……と安心して二日目を迎えたら、指を切断する怪我を負う。俺の世話係は毎日のように変わった。三人ほど亡くなったそうだ。

物心がつくようになってからは、両親に言われ、身の回りのことは誰かに触れられなくとも、全部自分でできるようになった。

「うさぎのおとうさんとおかあさんは、うさぎをギュッとだきしめました」

与えられた絵本の中には、両親に抱きしめられたり、頭を撫でられる描写がでてきた。それはとても魅力的で、俺は繰り返しそのページを読んだ。

――僕はお父様とお母様に、抱きしめられたことも、頭を撫でてもらったこともない。

呪われているから、触れてはいけない。

そう教えられていたけれど、幼かった俺は、欲求を抑えることができなかった。

「お父様、お母様！」

俺は走って両親の元へ向かい、両手を広げた。

「ひっ！」

「来るな！」

結果から言うと、受け入れてもらえるわけがなかった。父親が持っていたステッキを咄嗟に振り、俺はそれに当たって怪我をした。

「痛い……痛いよ……お父様……お母様……」

その場にうずくまっても、当然抱き起してもらえることはない。

「呪われているから、人に触れてはいけないとあれほど言っただろう！　お前は、私たちを殺すつもりか……！」

父に怒鳴られる俺を、母は黙って見ていた。

心の中に穴が開いて、その穴がどんどん広がっていくのを感じる。そこを風が通るたびに、ヒリヒリと痛んで辛い。

両親は俺が成人した年に不慮の事故で揃って亡くなり、俺は若くして大公の位に就くことになった。

そしてその年の終わり、呪いは、魔女の死によって突然解けた。

『もう、こんな空しいことは終わり……あなたの呪いは解いたわ。もう、ガイスト大公家に呪われた子が生まれることはない』

耳元で、魔女の声が聞こえた。

国一番の呪術師を呼んで確認させると、俺の呪いは確かに解けていて、ガイスト大公家に取り巻いていた黒い影も消えていた。

ガイスト大公家の呪いが消えた話は、呪術師により発表され、瞬く間に広まった。

俺は呪いを解けた後も、誰かに触れることはしなかった。触れたいとも思わなかった。

呪いが解けてからというもの、周りの反応は現金なものだった。

「ガイスト大公様、うちの娘は器量もよく美しいです。どうか一度会っていただけませんか？」

「ガイスト大公様！　うちの娘は今年社交界デビューをすることになっておりまして、ぜひ初めてのパートナーになっていただけませんか？」

「ガイスト大公様、ぜひとも我が家にご招待させてください。うちの娘はピアノが得意なんです。ぜひ聞いていただきたく……」

呪われていた時は遠巻きにしていた貴族たちが、こぞって媚を売ってくるようになった。自分の娘を妻に迎えてもらいたいためだ。

誰が、お前らの娘など貰うか……！

しかし、大公家の後継ぎを設けるためには、妻を迎えなければならない。

普通の令嬢に求婚する気にはなれなかった。

自分にとって優位に振舞える結婚がいい。相手の弱みを握れるものがいい。そうすれば、俺のことが嫌でも離れていかないだろう。

そこで目を付けたのが、アンデルス公爵家の令嬢ベアトリスだった。

アンデルス公爵家は造船業に失敗し、領地の税金三年分を使っても返せない借金を負ったそうだ。肩代わりしてやるから、娘を嫁によこせと提案したところ、二つ返事で了承した。

没落寸前を回避するためとはいえ、呪われた男に娘をやるとは……この男も、俺の両親と同じく、自分の子を愛していないのか……。

そんな彼女が、自分の姿と少し重なった。

ベアトリスは、とても魅力的な女性だ。

少女の愛らしさと大人の美しさを兼ね揃えている。月光を紡いだようなプラチナブロンドに、深い森のような神秘的な瞳の色、彼女は社交界の花と呼ばれていた。

ベアトリスと婚約が決まってからというもの、悪夢を見るようになった。

自分に触らないでほしいと言って、彼女が自分の元から逃げ出す夢だ。そんな彼女を追ってその細い腕を掴むと、彼女は砂になって崩れ落ちてしまう。

ああ、そうだ。俺は呪われている。今は違うが、呪われていたのだ。こんな薄気味の悪い男の隣になど誰も居たくないに決まっている。

俺はベアトリスに、外出禁止を命じることを決めた。自分と一緒であってもいけないし、誰かを招くことも、社交も認めない。

彼女は社交的な女性で、お茶会を開くのが大好きだと聞いている。しかし、実家の借金という弱みがある彼女は、俺に逆らえないだろう。

とても悲しむことだろう。俺を憎むかもしれない。いや、「かもしれない」ではなく、確実に憎むだろう。

でも、どうしても縛り付けないと落ち着かない。

だって、実の両親ですら、愛してくれなかった。気が付いたら、俺の前からいなくなっていたじゃないか。

愛されるなんて期待していない。

でも、憎まれれば、それはそれで、俺に対して特別な感情を抱いてくれる。

結婚式当日、まだ条件を出す前だというのに、ベアトリスは挙式を終えた後に高熱を出して倒れたらしい。

参列客は「やっぱり呪いが解けていなかったんじゃないか？」「娘を嫁にやらなくてよかった」など陰口を叩いた。

本当に呪いが解けていなかったのかもしれない。まさか、こんなことになるなんて……。

「ダーフィト様、娘がこれで死んだとしても籍は入れましたし、結婚式も終えています。ですから借金の件はどうか……どうかお願いいたします」

アンデルス公爵は娘の心配はしなかったが、借金の心配はした。

ああ、ベアトリス、キミは誰よりも美しいが、誰よりも可哀相な女性だ。

親に愛されず、こんな呪われていた不気味な男の妻となり、その美しさを誰に見せることもなく永遠にこの屋敷に閉じ込められる。

泣くだろうか。いや、泣かない方がおかしいな。でも、俺はキミを悲しませることをやめられない。

どうして俺はこんなに歪んでいるのだろう。

ベアトリスが目を覚ましたと聞き、俺は彼女の部屋に向かった。

「ベアトリス、目が覚めたと聞いたが」

「ダーフィト様、ご心配をおかけいたしました」

ベアトリスはドレスの裾を持ち、片足を下げて挨拶する。

病み上がりでも、ベアトリスは美しかった。むしろ儚さが加わり、より美しい。

「キミは一生外出を禁止する。社交界に出ることも、誰かを呼んで茶会などをすることも不可だ。キミは社交的だそうだな。だが、例外は認めない。キミが出られるのは庭までだ」

さあ、どんな反応をする？

ベアトリスが実家から連れて来た侍女のモニカが口元を押さえ、青ざめている。まあ、そうなるだろうな。では、ベアトリスは？

…………ん？

「はい、わかりました」

しかし、肝心なベアトリスは驚く様子もなく、ケロリとそう答えた。

なんだ。この反応は……本気にしていないということか？　適当に了承しておけば、後から俺が折れるとでも思っているのか？

「約束を破ったら、キミだけでなく、キミの家もどうなるかわからないぞ。それを頭に入れて、生活することだな」

追い打ちをかけても、ベアトリスは表情を変えない。

なんなんだ？　一体……。

彼女にとって辛いことを話しているはずなのに、「今日のディナーの肉は牛でいいか？」と聞いて「大丈夫ですよ」と言うような軽さだ。

予想外の反応に内心戸惑い、俺は逃げるようにその場を後にした。

意地を張っているに違いない。きっとすぐに音を上げ、外出させてほしいと懇願してくるに違いない。

そう思っていたのに、彼女は自室にこもって本を読んでいるらしい。庭には出ていいと言ったが、自室にいる。せめて外の空気を吸いたいとは思わないのか？

モニカが庭に出るように促しているらしいが、渋い顔をしているそうだ。理解に苦しむ。

社交的な女性が、ずっと部屋にこもって本を読んで満足ができるだろうか。いや、無理だろう。もしかしたら、まだ体調が悪いのかもしれない。

それならば、理解できる。

きっと全快したら、外に出たがるだろう。その時が見物だ。

彼女が懇願する姿を想像したら悲しくて、罪悪感で苦しくなって、でも同時に胸の中が何かで満たされていくのを感じる。

そう思っていた矢先、俺は高熱で床に伏した。

呪いが残っていて、誰かを不幸にしては困る。俺は人払いをし、自室にこもった。

扉の前には食事と水が定期的に置かれているが、どれも喉を通りそうにない。水だけを飲んで、気絶するように眠り、また水を飲んだ。

いつまでこの地獄は続くんだ……。

呪われていたから、誰かに看病された記憶は、物心がついてからは一度もない。

もし、まだ呪いが残っていたらと思うと、恐ろしくて、彼女に指一本触れられなかった。

後継ぎを作るための結婚だったのに、初夜すらも済ませられていない。誓いの口付けすらも恐ろしかったし、実際に彼女は高熱を出して倒れたから、ますます怖くなった。

苦しい。辛い。死にそうだ……。

このまま俺は、死んだ方がいいんじゃないだろうか。死んだ方が楽になれる。そうすれば、ベアトリスも自由になる。

そうだ。死ねばいいんだ。早く死なせてくれ……。

それから、どれくらいが経っただろう。

幼い頃、両親から怯(おび)えられる悪夢を何度も見た。喉の渇きを覚えて目を開けると、ぼんやりと人影があった。

「……っ……誰だ……？」

眼鏡をかけて確認すると、そこに立っていたのはベアトリスだった。

ベアトリスは心配して部屋に入って来たそうだ。どうせ、媚を売って外出や社交を許可させようという企みに違いない。

「心配……？　キミが……？　俺に媚を売っても……条件を変えるつもりはないぞ」

大きな目を丸くし、ベアトリスは呆れた表情を浮かべる。なぜ、そんな顔をするのかわからない。

「どうぞこのままで」

ベアトリスは呪いなど気にせずに触れてこようとする。触れられまいと抵抗したが、高熱を出した身体は非力で、女性の力に負けてしまった。

やはり、呪いは解けているようだった。

よかった。ベアトリスが不幸にならなくて……。

非道な仕打ちをしている俺を、ベアトリスは夜通し看病してくれた。時折目を開けると、読書をしている彼女が視界に入る。

視力が悪いから、目を細めて見るとようやく表情がわかる。

ランプの光を頼りに、本を読む彼女は美しいを通り越して、神々しかった。

『何言っているんですか。私はダーフィト様に生きていてもらわないと困るんですよ。早く元気になって、嫌味の一つや二つ言えるようになってください』

先ほど、彼女に言われたことを何度も思い返していた。

心臓がドキドキと脈打って、苦しい。

「ん、そろそろタオルを変えた方がよさそうね」

ベアトリスは本に付箋を挟んで閉じ、俺の額に乗ったタオルを取った。洗面器に張った水にタオルを沈め、細い手でギュッと絞る。

濡れた手をハンカチで拭い、タオルを乗せる前に俺の額に触れる。

「……うん、大分下がってきたわね。よかった」

呪われた男だ。呪いが解けたと言っても、証拠なんてどこにもない。それなのに彼女はまったく気にせずに触れてくる。

ベアトリス、キミはなんて人だ……。

その日から、俺にとってベアトリスは特別な存在になった。

寝ても覚めてもベアトリスのことばかりを考えるようになり、使用人に彼女の様子を何度も聞いてしまう。

ベアトリスの姿を一目見たくて、庭で散歩をしているのを見つけた日にはカーテンに隠れて、オペラグラスで眺めた。

日傘が邪魔だ。でも、ベアトリスの白い肌を守るためには仕方がないものだ。彼女はすぐに帰ってしまうので、満足に眺めることができない。

もっと、ベアトリスを見たい。

いや、見るだけでは、満たされない。彼女と話したい。彼女に触れたい。彼女の深い森のような瞳に自分の姿を映したい――。

気が付くと俺は、ベアトリスに恋をしていた。

両親に愛されなかった俺は、誰かに特別な想いを持つなんてことは絶対にしないと誓っていた。想っても、報われなければ辛いだけだからだ。

それなのにいつの間にか、好きになっていた。

ベアトリスのような素晴らしい女性が、自分のような誰からも嫌われている人間を好きになってくれるはずがない。

こんな感情を抱いても、辛いだけだ。止めようと思っても、彼女のことで胸がいっぱいになっていく。日に日にベアトリスと関わりたいという欲求が強くなり、俺は迷った末に、とうとう夫婦の寝室に入った。

月明かりに照らされたベアトリスはあまりにも美しくて、俺は息を呑んだ。

まるで、本物の月の女神みたいだ。

心臓がドキドキを越え、バクバクと脈打っている。

美しく社交的な彼女を、他の男が放っておくはずがない。

俺と出会う前に恋人が居たに違いないと、嫉妬の炎に胸を焼かれたが、なんと彼女は男性経験がなかった。

俺が初めてで、ベアトリスは俺だけのものだ――そう思うと、ドロドロした独占欲で満たされていくのを感じた。

逃げられないようにと手を縛り、行為に及んだ。ベアトリスの唇は柔らかく、そこから零れる声はとても甘くて、力ない。

その声を聞いているだけで、下腹部が熱くなり、痛いほど昂るのがわかる。

大きなミルク色の乳房も、愛らしい乳首も、柔らかな肌も、潤んだ秘部も、すべてが俺の興奮を煽った。

「ん……っ……い、痛……っ」

痛みを与えていることは申し訳ないが、それ以上に嬉しさが勝る。ベアトリスが今まで誰のものでもなかった……自分が初めてを奪えたという証拠だ。

「ダーフィト様……っ……手、解いてください……」

逃げられたくなくて縛ったが、挿入している状態ではさすがに無理だろうと拘束を外すと、ベアトリスは俺に抱きついてきた。

その瞬間、ぽっかりと穴の空いた心が、温かい何かで満たされるのを感じた。

人に抱きしめられるのは、こんなにも心地いいものなのか……。

再び腰を動かすと、背中に爪を立てられた。しかも、少し……いや、かなり食い込んでいる。これは血が出ているんじゃないか？

「背中が痛いな？」

「ふふ……私の痛みを少し分けさせていただきました」

イタズラを成功させた子供のように笑う彼女が可愛くて、思わず笑ってしまう。そういうところも好きだ。

ああ、好きだ……好きだ……。

最後まで終えると、達成感と高揚感と幸福でいっぱいになった。疲れて眠るベアトリスが愛おしくて、何度もその髪を撫でた。

「このシーツは、洗うな。俺の部屋に運んでおけ」

「か、かしこまりました」

翌日、メイドに破瓜の証が滲み込んだシーツを剥がさせ、自室に運ぶように命じた。

丁寧に畳み、厳重に保管しているとベアトリスが知ったら、さすがに嫌われてしまいだろうか。それでもこれは大切な思い出だ。手放すことはできない。

ベアトリスと日々を過ごすたび、彼女への想いが深まっていく。

このままいくと、どうなってしまうのだろう。

今でもおかしくなりそうなほどベアトリスが好きなのに、日々それが更新されるのだ。明日には、明後日にはどうなるのだろう。

夜、入浴を済ませて夫婦の寝室に入ると、ベアトリスが本を読んでいた。

「また、本を読んでいたのか？」

「ええ、ダーフィトと一緒に眠るようになってからは、モニカがランプの灯を消していかないので、遅くまで読めて嬉しいです」

そう笑うベアトリスが可愛い。

「そうか、それはよかった。もう少し読むか？」

「いいえ、ちょうどキリのいいところなので、ここでやめておきます。ダーフィト、おやすみなさい」

「ああ、おやすみ」

顔を近付けると、ベアトリスが察したように目を瞑る。チュッと唇を吸うと、深く求めたくなるが我慢だ。それをすると、歯止めが利かなくなってしまう。

初めて身体を重ねてからというもの、ベアトリスを毎日のように抱いていたが「さすがに体力が続かないから毎日は無理」と言われてしまったため、数日置きに……ということになった。

昨日抱いたので、今日は休まないといけない。

ベアトリスは目を瞑って、五分で寝息を立て始めた。

寝つきがいいな。

隣で無防備な顔でスヤスヤ眠るベアトリスを見ていると、股間が熱くなり、彼女に覆い被さりたくなる。

そんなことをしては、嫌われてしまう。

俺はベアトリスに好かれたい。絶対に嫌われたくない。

俺はそっとベッドを抜け出し、バスルームへ移動する。ベアトリスのあられもない姿を想像しながら立ち上がった股間を扱き、性欲を吐き出した。

自分に性欲があったことに驚いている。

ベアトリスと出会う前までは、夢精するのが嫌で義務的に扱いて出すのを繰り返していて、それも面倒に感じていたというのに。

昔の俺が今の俺を見たら、さぞかし驚くことだろう。

ようやく眠れるようになった俺は、ベッドに戻る。

瞼を閉じて暗闇に慣れた頃、目を開く。ベアトリスの寝顔を堪能するためだ。

もちろん、眼鏡はかけたままだった。視力が悪い俺は、眼鏡を外すと彼女の顔がはっきり見えない。彼女と身体を重ねる時も、よく見たいから眼鏡はかけたままにしている。

ああ、なんて可愛いんだ……。

口付けしたいのを必死に我慢する。

ベアトリスはきっと俺のことは嫌いではない……と思う。でも、好きかどうかはわからない。

ベアトリスを自分に縛りつけたくて外出や社交を禁止していたが、最近では自分と一緒であればいいと許可を出した。

それはもちろん、ベアトリスに好かれたいからだ。

しかし、彼女の反応はよくない。

どうしてだろう。ベアトリスは社交が好きだったはずなのに……。

俺と一緒……と限定したのがよくなかっただろうか。今度の舞踏会に参加しようと誘った時も、まったく嬉しそうじゃなかった。

俺なしで外出していいと言ってみようか……でも、それで嬉しそうだったら？　そんな姿を見たら、一生立ち直れないぞ……。

悶々（もんもん）と考えているうちに、俺はいつの間にか眠りに落ちていた。


「………っ………!?」

どれくらい眠ったのだろう。悪夢を見た俺は、ハッと目を開けた。心臓がバクバクと激しく脈打っていて、全身汗でびっしょりと濡れていた。

なんて夢だ……。

夢の中でベアトリスは外出や社交が禁止されたことに絶望し、耐えきれなくなり、俺が居ない隙を見て家を出た。

それに腹を立てた俺はベアトリスを追いかけ、彼女の細い首を思いきり絞めた。

彼女は苦しみもがき、やがて脱力した。俺は後悔し、どんどん冷たくなっていく彼女を抱きしめたまま茫然（ぼうぜん）とする夢だ。

ベアトリスを殺してしまうなんて……。

妙に生々しくて、手にはまだ感触が残っていて震えが止まらない。

身体を起こして頭を抱えていると、ベアトリスが「んん」と小さく声を漏らし、寝返りを打つ。先ほどでは俺の方を向いていたが、今は仰向（あおむ）けになった。

ベアトリス……よかった。生きている。なんて夢を見てしまったんだ。彼女を失いたくない気持ちが、夢に現れたのだろうか。

それにしたって、酷すぎる夢だ。

とてもじゃないがもう一度寝る気にはなれなくて、眼鏡をかけた。

俺が身体を起こしたことでブランケットが引っ張られ、彼女の身体が見えている。豊かな胸は仰向けになっても垂れることなく、形を保っていた。

胸が上下に動くたび、生きているのだとホッとする。

「んふふ……」

どうやら、俺とは違い、彼女は良い夢を見ているようだ。

笑うとまた胸が誘うように揺れる。その様子を見た俺は、ごくりと生唾を呑んだ。

触れたい。彼女を手にかけた感触を早く消したい。

俺はベアトリスの愛らしい唇を吸い、豊かな胸に恐る恐る触れる。

起きる……か？

心臓がドキドキと脈打つ。しかし、彼女は起きる様子がなく、スヤスヤと寝息を立てていた。

ベアトリスが熟睡しているのをいいことに、俺の手付きは遠慮がないものになっていく。彼女の胸は柔らかいだけじゃなく張りがあって、いつまでも揉んでいたくなるような感触だ。

こうして揉んでいても、夢で彼女に手をかけた時の感触が消えない。

気持ちは落ち込んでいるのに、下半身は熱くなり、持ち上がっているのがわかる。

さらに揉み続けていると、乳首がツンと尖ってナイトドレスを押し上げる。指先でなぞると、どんどん硬くなっていく。

「ん……はぁ……んん……」

ベアトリスがビクビクと震え、息を乱している。起きたのかと思いきや、まだ彼女は眠っているようだ。

眠っていても、感じるのか……。

胸元を飾っているリボンを解くと、豊かな胸がプルリとこぼれた。

ベアトリスの着ているナイトドレスは、いつもこうして脱がせやすい。きっと夜のために考え、作られたものなのだろう。

よく考えつくものだ。それにベアトリスの魅力を引き立たせる素晴らしいデザインだ。これを考えた者に、直接礼を言いたい。

礼を言いたい？　人を避けて生きてきた俺が、まさかこんなことを思うなんてな。

ああ、もっと、よく見たい……。

俺はサイドテーブルの引き出しからマッチを取り出し、ランプに火をともす。ベッド周りが明るくなり、ベアトリスの身体がよく見えるようになった。

白く透明感のある肌は、俺が触れたことによって紅潮していた。

直で胸に触れると、しっとりと吸い付いてくるようだった。赤い唇は誘うように薄っすらと開いていて、俺は吸い寄せられるように彼女の唇を再び味わう。

「ん……んぅ……」

起きたら、軽蔑されるだろうか……。

いや、当たり前だ。眠っている間に自分の身体を弄ばれているんだ。嫌わないはずがない。

嫌われたくない……が、止められない。

舌を入れると、鈍い動きではあるものの反応を返してくれる。胸を夢中になって揉んでいると、ベアトリスが足をモジモジ動かし始めた。

濡れてきているのか？

それにしても、かなり深い眠りらしい。ちっとも起きる気配がない。

ここでやめておけば、気付かれずに済む。嫌われないで済む。だが、どうしても我慢ができなかった。

細い足を左右に開くと、ベアトリスの秘所が見えた。ローズピンク色で、まるで朝露に濡れた薔薇の花びらのようだ。

俺はベアトリス以外の女性経験はない。しかし、性行為を問題なくこなせるように、家庭教師からある程度の教育は受けている。

女性器も男性器と変わらずグロテスクな見た目をしているので、期待しないようにと言われていた。期待しすぎて勃たなくなる者もいるそうだ。

でも、ベアトリスの秘部はとても美しい。

花びらを指で開くと、愛らしい蕾のような膨らみがある。

陰核、快感を受け止めるだけの場所——こんなにも可愛らしいのに、なんていやらしい器官なのだろう。

小さな膣口がヒクヒク収縮を繰り返し、甘い蜜をこぼしていた。

ああ、なんて美味しそうなんだ……。

ここを舐めたら、さすがに起きるだろうか。

一瞬躊躇（ためら）うが、我慢できずに、俺は花びらの間を舌先で撫で始めた。

甘く淫らな香りがする……ベアトリスの香りだ。俺の大好きな香り……。

「ん……ぁ……っ……は……んんっ……」

ベアトリスはビクビクと身体を揺らし、甘い声を漏らす。愛らしい蕾は舌を押し返すほど硬くなり、膣口からはどんどん蜜が溢（あふ）れ出（だ）す。

ああ、感じてくれている……ベアトリスが、俺の舌で……。

ヒクヒクと収縮を繰り返す膣口は、餌を強請（ねだ）る雛鳥（ひなどり）の口のようで愛らしい。指を入れると、ヌルヌルして温かい。

「ぁ……っ」

何度も愛し合い、ベアトリスの良い場所は知っている。彼女は陰核と中からそこの裏側の同時に弄ると、気持ちいいと言ってくれる。

俺はぷくりと膨らんだ蕾をしゃぶりながら、指でベアトリスの好きな場所をノックするように刺激した。

「ん……ぁ……っ……は……んんっ……ぁ……っ……あっ……ぁ……っ……あぁぁぁ……」

しばらくするとベアトリスはビクビクと激しく身悶(みもだ)えし、小さく声を漏らす。指が入っている膣道は激しく収縮を繰り返している。絶頂に達したのだろう。

さっき出したばかりだというのに、俺の股間は硬くなっていた。ベアトリスの中に入れたい……だが、さすがに挿入すれば、起こしてしまう。

それ以前に、倫理観の問題だ。いや、ここまでしておいて、倫理も何もないかもしれないが……。

欲望を取り出そうとしたその時――。

「ん………な……に……？」

ベアトリスの声が聞こえてきた。ああ、ついに起こしてしまった。

足の間から恐る恐る顔を起こすと、ベアトリスがトロンとした目でこちらを見ている。

「ダーフィト……？　夢……？」

「いや、現実だ」

夢だと誤魔化した方がよかっただろうか。しかし、咄嗟に否定してしまった。ベアトリスに嘘は吐けない。

中に入れたままだった指を引き抜くと、ベアトリスがビクリと身体を震わせた。

「ひぁんっ……！　な……ど、どうして……こんなこと……に？　あ、あれ？　私、してる途中に

「……寝ちゃいました……か？」

寝ぼけていて、状況が理解できていないらしい。なんて可愛らしいんだろう。

「いや、違う。今日はしない日だ」

「しない日？　え？　あ……そ、そうですよね？　じゃあ、どうして、こんなことに……」

「怖い夢を見て、キミにどうしても触れたくなったんだ。すまない……」

素直に謝るしかない。これで許してもらえなかったら、どうすればいいだろう。

嫌われた時のことを考えると青ざめるが、股間の昂りは治まっていない。

なんて愚かなんだ。静まれ……。

ベアトリスは身体を起こし、俺が脱がしたナイトドレスを手繰り寄せて前を隠すと、俺の髪をそっと撫でた。

「そんなに怖い夢だったんですか？」

「……っ」

その手はとても優しくて温かい。

俺は両親に髪を撫でてもらったことがない。

どんな感触なのだろう。一生そんな経験をすることはないと思っていたのに、ベアトリスはよくこうして俺をよく撫でてくれる。

なんて心地がいいのだろう。

「ダーフィト？　大丈夫ですか？　そんなに怖かったんです？」

優しい声をかけられ、涙が出そうになって、ベアトリスに縋りつきたくなった。

「ああ……すごく」

「どんな夢ですか？」

「あまりにも酷くて、恐ろしくて、口にも出したくない」

「あら、悪い夢は誰かに話してしまうといいんですよ」

「そうなのか？」

「ええ、その夢が本当にならないようにする……とか、悪いものが出ていったりする……っていう理由だった気がしますけど……でも、無理強いをするつもりはありませんよ。慰めてあげます」

ベアトリスは俺を抱きしめ、また髪を撫でてくれる。

「……悪いものが出ていって、キミに入ってしまうことはないのか？」

「ふふ、大丈夫ですよ」

さっきの悪夢が本当になることは、絶対にありえない。

でも、この胸の苦しみが晴れるのなら、聞いてほしい。でも、彼女にとっても嫌な夢だ。聞いてもらっていいのだろうか。

「……俺が愚かなせいで、キミがいなくなってしまう夢を見た」

彼女を殺した……というのは、どうしても口にしたくなくて、濁して話した。

「ふふ、そんな変な夢を見たんですか？　私がダーフィトの元から離れるなんてありえませんよ」

「寝ている間に、身体に触れるような最低な男でもか？」

「お、驚きましたよ。でも、次は駄目ですよ？　触るのなら、起きている時にしてください。どうしても触れたい時は、決まった日じゃなくても抱いていいですから」

「ああ、約束する」

ベアトリスは、なんて寛大な心を持っているんだろう。嫌われても、なじられてもおかしくないことをしているというのに……。

俺はベアトリスの唇を深く奪った。

「んん……」

眠っている時とは違い、俺の口付けに応えてベアトリスが舌を動かしてくれる。それが堪らなく嬉しい。

「……私も、夢を見ましたよ」

唇を離すと、ベアトリスが頬を染めてジッと俺を見つめる。

可愛い……。

「どんな夢を見たんだ？」

「……ダーフィトに、抱かれる夢です。でも、起きて自分の状況を見たら、どうしてそんな夢を見たのか、理由がわかりました」

ベアトリスがじとりと睨んでくる。迫力はまったくなく、ただただ愛らしい。

「なんというか、その……す、すまない」

「許してあげます」

「ありがとう」

「夢のことは、忘れられましたか？」

「……ベアトリスの中に入れてもらえたら、忘れられそうな気がする」

痛みを感じるほど大きくなった自分の分身を取り出し、ベアトリスの身体に当てる。すると彼女は艶っぽく微笑(ほほえ)んだ。

「もう、仕方がありませんね。どうぞ、来てください」

ベアトリスを組み敷き、さっきまで指を入れていた膣道に、ゆっくりと自身を埋めた。

「ぁ……っ……はぁ……んっ……」

ベアトリスの熱い膣壁が、俺の分身にねっとりと絡みついてくる。腰を引くと引っ張られ、中から吸われているみたいだった。

ああ、なんて感触だ……。

頭の中心が痺れて、背骨がゾクゾクと震える。

ベアトリスの中の締まりが、どんどん強くなってくる。彼女も感じてくれているのだと思うと、胸の中がキラキラと輝く何かで埋まっていくようだった。

腰を動かし始めると、ベアトリスは甘い声を零し始める。

「ベアトリス……気持ちいい……か？」

感じてくれているとわかっていても、つい聞いてしまう。ベアトリスの口から「気持ちいい」というのを聞きたいからだ。

「ぁ……っ……んっ……んっ……気持ち……ぃ……です……ダーフィト……ぁんっ……あぁんっ！　ぁっ……ぁっ……」

全身の血管の血が、沸騰するように感じる。

興奮しすぎて、おかしくなりそうだ。俺はベアトリスに自身を刻み付けるように、激しく腰を振った。

「ダーフィト……んんっ……激し……っ……ぁんっ……あぁ……っ……ダーフィト……ぁんっ……は……んんっ……ぁんっ！」

ベアトリスに名前を呼ばれると、自分が特別な存在になったように感じる。

ずっと生きているのが辛かった。早くこの世を去りたい……呪いにかかっていた時も、解けた後もそう思っていた。

自分で命を絶たなかったのは、自殺すると地獄に落ち、さらなる苦しみが待ち受けているという迷信を聞いてからだ。

今ですら辛いのに、これ以上なんて無理だ。

それなら、寿命を全うしよう。病気でも、事故でも、なんでもいい。早く俺を殺してくれと思っていた。

ベアトリスが嫁いできてから高熱を出した時、これは絶好の機会だと思った。

早く死にたい……早く……早く……。

しかし俺は死ななかった。代わりに何よりも変えがたい宝物を手に入れた。

「ダーフィト……ぁんっ……あぁんっ……！　激し……すぎです……も……っ……んんっ……気持ちよすぎて、身体が……ぁっ……も、持ちません……」

ベアトリスが俺の背中に手を回し、ギュッと抱きついてくれる。

ああ、温かい……。

触れられたところから、全身に回って、心まで満たされていく。

この気持ちは――――。

俺のような呪われた男が一生知ることなどないと思っていた感情が、胸の中で月明かりのように優しく光っていた。

「ベアトリス……聞いてくれ……」

「ん……っ……な……に……？　なんですか……？　ダーフィト……」

「俺は……ベアトリス、キミのことが好きだ。大好きだ。愛している……ずっと、俺の傍に居てほしい」

ベアトリスは目を丸くし、やがて口元を綻ばせた。

「嬉しいです……私もダーフィトが大好きです。愛しています……んっ……ずっと、一緒に居ましょうね……」

「……え……」

「………………」

「な、なんですか……その反応は………！」

俺は思わず腰の動きを止めた。

嫌われてはいないと感じていた。でも、まさか同じ気持ちだなんて思わなかった。

こんな自分の都合にいい展開があっていいのか？

「いや、まさか、キミも同じ気持ちだったなんて思わなくて……ほ、本当……なのか？　俺が言ったから、社交辞令で言ったんじゃ……」

「こっちこそ、まさか伝わっていないだなんて、思っていませんでしたよ！　社交辞令で言うわけがないでしょう！」

ベアトリスは俺の背中をピシャリと叩いた。彼女は俺の背中に攻撃をするのが好きなようだ。

「痛っ」

「謝りませんよ。でも、告白はします。ダーフィト、あなたを愛していますよ。ちゃんと信じてください」

ベアトリスは俺の唇をチュッと吸い、にっこり微笑んだ。

「ああ……信じる……」

涙が出そうになるのを必死で堪えた。あまりに幸せで怖いくらいだ。

「愛している……ベアトリス、愛している……」

「はい……ダーフィト、私も愛していますよ」

動きを止めたまま唇を吸い合っていると、ベアトリスが腰を左右に動かし始めた。膣壁が欲望の先に擦れて、快感がやってくる。

「ん……は……んん……」

意識しているのか、それとも無意識でやっているのかはわからない。でも、彼女が自分の感じる場所を俺ので擦っているのは確かなので、興奮してしまう。

止めていた腰を動かし始めると、ベアトリスは大きく喘いだ。

「あぁんっ！　あっ……あっ……ダーフィト……気持ち……ぃ……っ……あんっ！　あっ……あっ……はんっ……あぁっ……」

口付けをもっとしたいが、唇を塞ぐとこの声が聞こえなくなるので我慢する。

もっと、もっと、この可愛い声が聞きたい。愛らしい彼女の声が聞きたい。

俺は夢中になって、ベアトリスの中を突き上げ続ける。すると彼女の中が激しく収縮し始めるのがわかった。絶頂が間近に迫っているのだろう。

「ぁんっ……あ……っ……イッちゃ……ぅ……ダーフィト……んんっ……イッちゃ……あっ……ぁっ……あぁぁぁっ！」

ベアトリスは俺のをギュウギュウに締め付け、絶頂に達した。

中から思いきり握られて、吸われているみたいだ。

「ベアトリス、俺も……ああ……もう……出る……」

ベアトリスの中を激しく突き上げ、最奥に欲望を放った。ビュルビュルと勢いよく出ると同時に、甘美な快感がやってくる。

すべてを出し終えた俺は、ベアトリスの中に入れたまま彼女の上にもたれかかった。

「ふふ、重たいです」

「すまない。退いた方がいいか？」

「いいえ、このままで……重くても、幸せなので……」

「そうか」

俺はベアトリスの唇を味わうと、彼女の首元に顔を埋めて思いきり息を吸い込む。

ああ、いい香りだ……。

涙が出そうになる。

知らなかった。涙は悲しい時だけではなく、幸せ過ぎる時にも出るのだ。

「今度はいい夢が見られそうだ」

「私は……また、なんだかピンク色の夢を見てしまいそうです」

「ピンク色とは？」

「深く聞かないでください」

ベアトリスが見そうな夢がなんなのかは教えてもらえなかったが、ピンク色はベアトリスにぴったりな愛らしい色なのだから、きっと良い夢なのだろう。

第四章　正ヒロイン現る

「どこに行きたい？」

「えーっと、じゃあ、書店に行きたいです」

「キミは本当に本が好きだな」

「ダーフィトが買ってくれた本が山ほどありますけど、やっぱり自分で選んで買うっていうのは格別ですからね」

「そうなのか」

「はい、そうですよ」

　ダーフィトが寝込みを襲ってきて、告白してくれてから数日後――ダーフィトは私をデートに誘ってくれた。

　普段なら外出なんて面倒だと思うのに、頬（ほお）を染めて照れくさそうに「街へ行かないか？　キミが行きたい場所を色々見て回ろう」と誘ってくれたダーフィトを見ていたら、そんな風には思わなかった。ぜひ行きたいと思った。

前まではオシャレするのなんて面倒だと思っていたけれど、ダーフィトに少しでも可愛いと思ってもらいたいからって、最近はちょっと……ううん、大分楽しくなっている。

人って、こんなにも変われるものなのね。自分のことながら、驚いてしまう。

「ダーフィトの行きたいところにも行きましょうね」

「俺の行きたいところは、キミの行きたいところだ」

「私はダーフィトの行きたいところに、行ってみたいんです。どこか行きたい所を思いついたら、すぐに教えてくださいね。私も行きたいところは言いますから」

「わかった」

ダーフィトは嬉しそうに笑う。

いつもは歩くのは怠くて仕方がないのに、今日は全然そんなことを感じない。

恋の力って、すごいわ……。

街で一番大きな書店に連れてきてもらい、恋愛小説コーナーへ一目散に向かう。

「すごい！　こんなにたくさん……っ！　ダーフィト、いっぱい買ってもいいですか？」

「もちろんだ。……いっそのこと、書店ごと買い占めようか」

「ええっ!?　い、いや、それはちょっと……っ！　あ、そういえば、ダーフィトはどんなジャンルの本がお好きですか？」

「俺は……あまり本は読まないな。仕事で資料として必要に駆られることがあれば読むが……」

「えっ⁉　そうなんですか⁉」

「ああ、そんなに驚くことか？」

「だって、本が好きそうな見た目をしているものですから……」

「どんな見た目だ、それは」

「うーん、眼鏡をかけているからでしょうか」

「眼鏡をかけていると、本が好きそうに見えるのか？」

「そうですね。ものすごく見えます」

「それは偏見だな」

ダーフィトがクスクス笑うのを見て、私もつられて笑った。彼が笑うと、こんなにも胸が温かくなる。

買ってもらった本は、大量過ぎるので屋敷に送ってもらった。

また楽しみが増えたわ。

次に私たちが訪れたのは、街で人気のカフェだった。ケーキが美味しいとメイドたちが話しているのを聞いたのだ。

私は一番人気の苺とブルーベリーのカスタードタルト、ダーフィトは二番目に人気のアップルパイとそれぞれ温かい紅茶を頼んだ。先に紅茶が運ばれてくる。

「ダーフィトとお茶をするの、初めてですね」

「ああ、そうだったな」

ダーフィトと会うのは、基本夜しかない。朝は私より早く起きて身支度を整え、すぐ書斎にこもって仕事をしている。

領地の点検や、国王からの命で色々こなすことも少なくないので、屋敷にいないことも多い。お茶どころか、食事を一緒にしたことが一度もなかった。

ゲームのキャラクター紹介は一通り目を通したけれど、ダーフィトの好きな食べ物が思い出せないのよね。

「どうした？」

「え？」

「何か考えているだろ？　……他の男のことか？」

まったく、何を言っているやら……。

「私があなた以外の男性のことなんて、考えるわけがないじゃないですか」

ため息を吐いて答えると、ダーフィトが嬉しそうに口元を綻ばせた。

「じゃあ、俺を目の前にして、何を考えていた？」

同性のことを考えていたと言っても、嫉妬されそうだ。

「あなたのことですよ。ダーフィトの好きな食べ物って何かしら？　と思って」

「俺のことを……」

「そうですよ。好きな人のことは詳しく知りたいじゃないですか」

「好きな人……」

ダーフィトは頬を赤らめた。

この人、本当に可愛い……。

「それで、どうなんですか？　何が好きなんです？」

「特にないな」

「……………え？　な、ないんですか⁉」

「ああ、ない」

う、嘘でしょぉ……⁉

「食事自体、あまり興味がないからな。空腹を感じたら、仕方なく食べている」

こんな人、初めて見た……私は外出が面倒だと思うタイプの人間だけど、食事はすごく楽しみよ⁉

食べたくないなと思うのは、体調不良の時ぐらいだわ。

「じゃあ、嫌いなものは……」

「食べるのに時間がかかるものは、好きじゃない」

蟹を出したら、ため息をつきそうね。

じゃあ、カフェに入ったのは、失敗だったかしら。でも、休憩を挟まないと、体力がない私は続かない。

申し訳ないけど、合わせてもらいましょう。

しばらくすると、ケーキが運ばれてきた。

ちなみにダーフィトのメニューを決めたのは、私だ。どれを頼んでいいかわからないから、決めてほしいと言われたのよね。

甘い物に詳しくないからだと思いきや、食に好みがないから選べなかったのね。

食に楽しみがないなんて、気の毒……。

「わあ、美味しそう！　いただきます」

タルトをフォークで切って、果物が落ちないように気を付けて口に運ぶ。

「んんん～～～っ！　美味しいっ！　甘過ぎないから、いくらでも食べられちゃいそう。一番人気も納得だわっ！」

喜んでタルトを食べている私を、ダーフィトはジッと見ている。

どうしたのかしら。

「ダーフィト、食べないんですか？」

「ベアトリスの食べる姿が可愛くて、つい見惚れていた。そうだな。食べよう」

もう、またこの人は、そういうことを言うんだから……。

今すぐ抱きしめたくなる気持ちを堪え、タルトをもう一口食べた。ダーフィトは私が咀嚼しているのを眺めながら、アップルパイをフォークで切り、口に運ぶ。

あ、食べた。食べた。どうかしら。

ダーフィトは咀嚼すると、目を丸くした。

「………美味しい」

あ、美味しいっていう感覚はあるのね。よかった。

「アップルパイも美味しいんですね。こっちも食べてみてください！　すごく美味しいですよ。はい、あーん」

自分のタルトを一口切って、ダーフィトの前に持っていく。

熱を出した時は頑なに食べさせられるのを拒否していた彼だったけれど、今日は照れながらも口を開けた。

ふふふ、可愛い……。

「見て、食べさせているわ」

「いいなぁ……私も恋人が欲しいなぁ」

周りの声を聞いて、ハッと我に返る。

そ、そうだった。人前だった……！

恋の力で、頭がフワフワお花畑だったわ。恥ずかしい。

「ダーフィト、お、美味しいですか？」

ダーフィトは周りの声が届いていないのか、気にしていないのかはわからないけれど、まったく動じていない。

「……すごく、美味しい」

「でしょう？　甘さ控えめですよね。あ、私もアップルパイ食べてみたいです。一口貰ってもいいですか？」

「ああ、もちろんだ」

私がフォークを伸ばすより先に、ダーフィトが一口分切って、私に差し出してくる。

「ん」

「え、あっ」

ものすごく周りの視線を感じる。

恥ずかしい……！　やめて！　見ないで！　おねがい！

「彼、優しい～……！」

「ていうか、美し過ぎるわ。眉目秀麗（びもくしゅうれい）な上に優しいなんて……っ！」

き、気になる……っ！

でも、ここで断ったら、ダーフィトを傷付けてしまう気がする。

私は気恥ずかしさを感じながらも口を開け、ダーフィトに食べさせてもらった。バターとりんごのいい香りが口いっぱいに広がる。

周りから小さな歓声があがったけれど、恥ずかしさは美味しさで吹き飛んだ。

「どうだ？」

「んん～！　すごく美味しいです。パイ生地パリパリで、中のりんごも煮詰めすぎずにシャキッとしていて、歯ごたえがいいですね」

「ああ、本当だな」

ダーフィトはしみじみと答えると、アップルパイを見つめている。

「ダーフィト、どうしました？　アップルパイじゃなくて、タルトの方がいいですか？　取り替えましょうか？」

「いや、そうじゃなくて、食事を面倒だと思うのではなく、楽しいと感じたことは初めてだ。美味しいと思ったことも」

「えっ」

「ああ、そうか、好きな人とする食事は、楽しいし、美味しいのか……」

ここで、察しの悪い私は初めて気付く。

ダーフィトは呪われていたせいで、両親と一緒に食事を取ったことがないんだ。もちろん、他の人とも――。

この人を幸せにしたい……心からそう思った。

「ねえ、ダーフィト、これからは、毎日一緒に食事をしましょうよ」

「毎日、キミと?」

「ええ、あなたが忙しい時は仕方がありませんが、それ以外は一緒に食べましょう。そうすれば、食事の時間が、楽しくなりますよ。あなたもそうだし、もちろん私も」

ダーフィトの手を握ってニコッと笑いかけると、彼も笑い返してくれる。

「ああ、そうだな。キミと一緒がいい」

きっとこれからは、好物もできるんじゃないかしら。ダーフィトにたくさん好物ができたら嬉しいわ。

「ここのケーキ、持ち帰りできましたよね。帰りに屋敷のみんなにもお土産に買っていってあげましょうよ。きっと喜ぶわ」

そう言うと、ダーフィトは目を丸くした。

「ダーフィト、どうしました?」

「いや、そういう発想が出るのがすごいと思って」

「え、そうですか？　普通ですよ」

「そうか……そういうのは、いいな。うん……皆にも持って帰ろう。それから、キミが特に気に入っている本も知りたい」

「読むんですか？」

「ああ、読書の習慣はなかったが、読んでみようと思う。キミが楽しんでいることを俺もしてみたいんだ」

ダーフィトが前向きになっているのが嬉しい。

「じゃあ、屋敷に帰ったら、厳選しますね」

「頼む。……今までは世界が灰色に見えていたんだが、キミといると、世界が色付いていくのを感じる。キミが俺の傍に居てくれて、好きになってくれて嬉しい。ありがとう」

ダーフィトは私の手を握り返し、指を絡めてくる。

顔が熱い。今すぐ抱きついて、キスしたくなるのを我慢するので大変だった。

「私もです。ダーフィト」

「……今、このカフェを買い取りたくなった」

「ふふ、ここのケーキが、そんなに気に入ったんですか？　美味しいですもんね」

「気に入ったが、それが理由じゃない。このカフェを買い取れば他の客を追い出して、キミを今すぐ抱きしめて、口付けができるのに……と思った」

私とほとんど同じようなことを考えていて、思わず笑ってしまった。

「そろそろ時間だな。帰ろう」

「ええ、はあ……楽しい時間はあっという間ですね」

「そうだな」

夕方で帰るつもりだったけれど、急遽（きゅうきょ）夕食も外で摂ることにした。そこでもダーフィトは美味しいと言っていて、それを見るのが嬉しくて楽しかった。

ダーフィトに手を引かれて馬車に乗り込もうとしたその時、金色の髪の女性を見つけた。

「あ……」

正ヒロインのクラーラと同じ髪色――。

今から一年後、ダーフィトはクラーラと出会う。

クラーラと出会っても、私を好きでいてくれるのだろうか。

クラーラが他ルートのキャラを攻略するのなら、私はダーフィトと一緒に居られるかもしれないけれど……。

「ベアトリス、どうした？」

「！　あ、いえ、なんでもないです」

ハッと我に返り、私は馬車に乗り込んだ。

さっきまで幸せで胸がいっぱいだったのに、不安で塗りつぶされていくのを感じる。俯（うつむ）いていると、ダーフィトが髪を撫（な）でてくれた。

「疲れたか？」

「あ……いえ、大丈夫です。今日は楽しかったですね。ダーフィトがよければ、また連れて行ってください」

「ああ、本当に楽しかった。もちろん、また行こう」

ダーフィトが私の頬にキスし、柔らかく微笑（ほほえ）む。

この微笑みを、失いたくない。私以外の女性に見せてほしくない――。

「あの、ダーフィト……」

「ん？　どうした？」

「……金髪って、どう思います？」

「金色だ」

「そうじゃなくて……っ！　金髪の女性って、魅力的に感じません？」

「キミの髪色が一番魅力的だ」

ダーフィトは私の髪を一房取ると、チュッとキスする。

うう、ときめきすぎて、胸が苦しい……！

「あの、もし……もしも、の話ですよ？」

「ああ、なんだ？」

「……もし、この先の人生で私よりも好きになれそうな人と出会ったとしたら、ダーフィトはどうしますか？」

「そんなことはありえない」

キッパリ、言いきられた。

「いや、だから、もしもって話で……」

「ありえないのだから、想像できない。したくもない。どうしてそんなことを言うんだ？」

ダーフィトは悲しそうに質問を返してくる。

この言葉が聞きたかった。嬉しくて、涙が出そうになる。

「なんとなく、どうするのかなって気になって……」

「…………もしかして、俺の愛が重くなったのか？」

「えっ？」

「こんな俺に嫌気がさして、逃げたいと思っているのか？　俺が他に夢中になれる女性を作れば、逃れられると思っているのか？」

まさか、ここでヤンデレスイッチが入る⁉

「そんなわけ……んんっ……！」

ダーフィトは私の唇を深く奪い、ドレスの中に手を入れて太腿に触れてくる。内腿に触れられると、割れ目の間が疼き、たちまち潤んでしまう。

「あんっ……ダーフィト……違います……私は……んっ……」

「ベアトリス、俺の傍から離れないでくれ……キミが居てくれなければ、俺は生きていけない……嫌いになってもいい……いや、よくないが、それでも傍に居てほしい……」

ダーフィトの愛は、確かに重い。だけど、私にとっては、それがとても嬉しいものだ。

「なんでもする……キミの望みはなんでも叶える。だから……」

ドロワーズの上から割れ目の間をなぞられ、甘い快感が襲ってくる。

「あっ！　ダーフィト……違います……そういう、意味で聞いたんじゃなくて……」

「じゃあ、どういう意味だったんだ？」

どうしたら、証明できる？　言葉だけでは、信用してくれない気がする。

ふと、ダーフィトの下半身に視線を向けると、欲望が膨らんでボトムスを押し上げていた。

あ……っ！

私の身体に触れて、興奮しちゃった……ってことよね？

私は恐る恐る、ダーフィトの欲望に手を伸ばした。指先が触れると、ダーフィトがビクリと身体を震わせる。

「ベアトリ……ス……？」

私はダーフィトの耳元に口を寄せ、ボトムスの上から彼の欲望を擦った。少し触れただけで、もっと硬くなっていくのがわかる。

「大きくなっていますね？」

「キミに触れているんだから、当然だ……」

少し恥ずかしそうに答えるダーフィトを見ていると、胸がキュンとときめく。

「ダーフィト、大好きです。私が嫌いな相手に、こんな淫らなことをすると思いますか？」

「……っ……思わな……い……」

戸惑いながらも、感じるダーフィトが可愛くて仕方がない。

「大好きだから、不安になって聞いてしまったんです。誤解されたら悲しいです。他に好きな人なんてできない。ベアトリスだけだって言ってほしかったんです……だから、嬉しかったです」

「よかった……キミに嫌われたのではなく……て……っ……ベアトリス、駄目だ……そんなに触れられたら、我慢……できなくなる……」

ダーフィトの声は、切なそうで、期待に震えている。

そんな可愛い声を聞かされたら、私だって我慢できない。ダーフィトの声を聞いただけで、私の秘部は新たな蜜を生んでいた。

「ええ、我慢しないでいいですよ。屋敷に着くまでは、まだ時間がありますから。屋敷まであと、三十分ぐらいは大丈夫でしょうか……」

窓にはカーテンを閉めてあるし、車輪の音で声は届かない。三十分間、ここは完全なる密室で、二人きりだ。

「だ、だが……」

「私に触れられるのは、嫌ですか？」

耳元で尋ねる。ダーフィトは首を左右に振った。

「嫌なわけがない……キミに触れてもらえるのは、とても嬉しいことだ……」

「じゃあ、私の好きにさせてください」

ベルトのバックルを外して、ボトムスのボタンを外す。少しだけ下ろすと、ダーフィトの反り上がった欲望が飛び出した。

ダーフィトの欲望は血管が浮き出ていて、ガチガチに硬くなっている。まるで、何時間も焦らされたかのようだ。

「こんなに硬くなって……」

「キミに触れられたら、興奮した……」

まだ、一分も撫でていない。それなのに、こんなにも興奮してくれるだなんて嬉しい。

「ここを触るのは初めてなので、上手にできるかはわかりませんが、頑張りますね？」

私は手袋を外して、ダーフィトに身体を寄せた。

「キミは、いつもいい香りが……するな……」

「そうですか？　香水は付けていないので、石鹸（せっけん）の香りかもしれませんね」

「特別なものを使っているのか？」

「いいえ？　この前、ダーフィトも使ったじゃないですか。あれって、ダーフィトのと違うものでしたか？」

「いや、同じだった……そうか、キミが使うと、いい香りになるのか……ああ、本当に……いい香りなんだ……」

口数が多い。緊張しているのかもしれない。

ふふ、可愛い……。

ダーフィトの欲望をそっと握ると、彼がビクリと身体を震わせる。

「……っ」

「力、強すぎましたか？　と言っても、触れる程度しか触っていないんですが……」

「いや、もっと強く握っても大丈夫だ。キミの手に触れられると思うと興奮して、敏感になってしまっているのかもしれない……」

ダーフィトの頬は紅潮し、息も少し荒くなっていて、興奮しているのが見ていても伝わって愛おしい。

「強く……ってどれくらいですか？　私の手を握って、力加減を教えてもらえますか？」

「わかった……」

ダーフィトは欲望を握る私の手を握り、ギュッと力をこめた。

「これくらいだ」

「け、結構力を入れても平気なんですね？」

「ああ、大丈夫だ」

「あの、手の動かし方も、教えていただけたら嬉しいんですが……」

数々の十八禁乙女ゲームをやってきて、手で気持ちよくするシーンもあったはずなんだけど、いざ自分がそういう場面に直面すると、やり方がちっとも思い出せない。

「……っ……わかった」

ダーフィトは私の手を操り、上下に扱いてみせる。

「ん……っ……こんな……感じ、だ……」

「なるほど。一人でする時は、いつもこうしていらっしゃるんですか？」

純粋な質問だったんだけど、ダーフィトは恥ずかしそうに顔を逸らす。耳まで赤い。

「ま、まあ、そう……だな」

つい意地悪なことを言って反応を見たくなる。

ダーフィトが手を離すと同時に、私は教えてもらった通りに手を動かし始めた。彼は気持ちよさそうに息を乱す。

「そういう時は、何か想像してするんですか？」

なんか、変態っぽい質問かも……。

「そ、そんな……ことを……聞くのか？」

「悪いことじゃないんだから、教えてくれてもいいじゃないですか。それとも、後ろめたいことを想像しているんですか？」

ちょっと意地悪すぎたかな？　でも、知りたいし、もっとダーフィトを恥ずかしがらせたい。

「そ、そんなことは、ない……キミと出会ってからは、キミのことを想像しながら……している」

「私のことを想像しながら？」

「……っ……キミの胸を揉んだり、乳首を舐めたり、秘部を……」

顔が熱くなる。

恥ずかしがらせるどころか、私が恥ずかしくなってきた……！

「や、やっぱりいいです！　言わないでください……！　恥ずかしくなっちゃう、から……」

「そうか……ん……っ……く……」

先端からヌルヌルしたものが出てきた。それが潤滑油となって、手の滑りがよくなる。

「じゃあ、出会う前は？　……他の女性のことを想像して？」

だとしたら、嫉妬してしまう。

「いや、キミと出会うまでは……性欲があまりなかったんだ……」

「え、嘘ですよね？」

今のダーフィトときたら、毎日求めてくる上に、一度だけじゃすまない。私の体力が続かないから、毎日は無理だから数日置きにしてくれと言っているぐらいだ。

ダーフィトが一人でしているのは、その数日空いている時なのだろう。

「疑わないでくれ……いや、今の俺を見たら、そうは見えないかもしれないが……ん……っ……はぁ……はぁ……」

「ほ、本当なんですか？」

「ああ……性行為に興味を持てなかった……ん……それでも、溜まるものは……溜まるから……夢精しないように、義務的に扱いて出していた。その時には、何か考えることは……なかった……ただただ、面倒で……はぁ……はぁ……」

衝撃の事実だ。

「驚きました……」

ダーフィトの性欲がすごいのは、目覚めるのが遅かったからなのだろうか。

扱くほどに、どんどん硬くなっていくのがわかる。

「ああ……ベアトリス、気持ちいい……」

「ふふ、よかったです……」

ダーフィトがキスを強請るように顔を近付けてくるので、私は初めて自ら彼の唇にキスをする。

「ん……んん……」

長い舌がすぐに入ってくる。ダーフィトのキスに応えようと舌を動かしたら、手の動きが止まってしまう。

同時にするのって、難しい。

ダーフィトはエッチしている時、私の性感帯を同時にいくつも刺激してくるけれど、どうしてそんなことができるのだろう。

器用なのね……。

お腹の奥が熱くて、秘部がムズムズしてくる。

ダーフィトのを気持ちよくしていると、すごく興奮してしまう。

「……っ……ベアトリス……もう、達きそうだ……」

「ええ、達ってください……」

いつも気持ちよくしてもらってばかりだから、私の動きで達してくれるなんて嬉しい。

私は手の動きを速め、ダーフィトにさらなる快感を与える。

「あ……っ……ベアトリス……ま、待ってくれ……ん……くっ……このままでは……キミの手を……汚してしまう……」

「気になさらないでください……あ……でも、たくさん出たら、手では受け止めきれないかもしれませんね……」

馬車の中に飛び散っては大変だ。でも、この時代にはティッシュなんてないし、どうしたら……あ、そうだわ。

私は片手で鞄を開け、ハンカチを取り出してダーフィトの欲望に被せた。

「これで大丈夫です」

「……っ……キミのハンカチが……汚れてしまうぞ……?」

「ハンカチは汚れるためにあるんですから、気になさらないで。それよりも、気持ちよくなることに集中してください」

私はダーフィトの耳にチュッとキスし、パンパンに張りつめた欲望を扱き上げた。

「ベアトリス……ああ……出る……」

ハンカチの中でダーフィトの欲望が脈打ち、情熱を吐き出した。ハンカチを宛がってよかった。おもっていた以上に出ているみたい。

「ダーフィト、気持ちよくなれましたか？」

「ああ……ベアトリス、幸せだ……だが、次はキミと一緒に気持ちよくなりたい……屋敷に帰ったら、いいか……？」

手の平にある欲望は、たっぷりと情熱を放っても、まだ硬さを保っている。お腹の奥がこれから待ち受けている刺激を想像し、キュンと疼く。

ダーフィトの問いかけに、私はキスをすることで答えとした。

ああ、早く帰りたい。一秒でも早く屋敷に着いてほしい。

ダーフィトは屋敷に戻ると、すぐに私を寝室に連れて行き、激しく求めてきた。

「ベアトリス、大丈夫か？」

「大丈夫……じゃないです……」

む、無理、もう動けない……。

ベッドの下には、今日着ていたドレスやスーツが落ちていて、アクセサリーは付けたまま。イヤリングは片方外れて、枕の隣に転がっていた。

これからお風呂に入らないといけないけど、ああ、駄目……眠い。

外出の疲れもあってウトウトしていると、ダーフィトが髪を撫でて、編みこみを丁寧に外してくれた。地肌が引っ張られて、少し痛かったから助かる。

「ありがとうございます……」

「アクセサリーも外そう」

「ええ、お願いします……」

一つ一つアクセサリーを外されると、身体が軽くなっていく。

「ベアトリス、すまない……」

「え、壊しちゃいました？」

「いや、違う」

「じゃあ、何に対しての謝罪ですか？　……激しく抱いたこと……？」

「ち、違う。その……キミに外出や社交を禁止したり、俺と一緒なら外出してもいいと言ったことだ。キミを縛りつけて、俺の元から離れていくのを阻止しているつもりだった。本当にすまない。これからはキミを自由にしてほしい」

「いいんですか？」

「ああ、キミのことを信じている。だから、もう縛り付ける必要なんてないんだ。許してほしいなんて言える立場ではないが、どうか一生をかけて償わせてほしい」

ダーフィトが思いつめた顔で私を見下ろしていた。私は身体を起こし、ダーフィトの両頬を手で包み込む。

「気にしないでください。私、社交好きだと思われているみたいですが、それは本来の気質じゃないんです。何度言っても信じてもらえないんですけど、過去は相当無理していたといいますか……」

「そうなのか？」

「ええ、なので、外出禁止はちっとも苦じゃなかったんですよ。むしろ、社交を避けさせてくれてありがとうございます！　って、感謝しているぐらいだったんです。だから、自分を責めないでください。そんな顔をしないで。ね？」

ダーフィトの額に、チュッとキスする。

「ベアトリス……キミは、聖女のように優しい……」

「あ、嘘だと思っていますね？　本当に禁止されてもなんともなかったんですってば。……でも、一生をかけてって言うことは、ずっと一緒に居てくれるってことですよね？　それは大歓迎です」

そう言うと、ダーフィトが唇を奪ってきた。

「ん……っ……んん……っ」

舌を入れられ、そのまま組み敷かれた。ダーフィトの分身はまた大きくなっていて、膣口に宛がってくる。

「あ……ダーフィト……あんなに……したのに……っ……も、無理……ですよ……」

「可愛いことを言うキミが悪い……責任を取ってくれ……」

私の発言がダーフィトの欲望に火をつけたらしい。彼は再び激しく私を求めてきたのだった。

「お嬢様、次の王城で行われる舞踏会に、ガイスト大公様がご出席されるそうです」
「えっ！　嘘！　ダーフィトが⁉　ダーフィトが社交界に出るのは、一年後の建国記念祭のはずなのに……」

「え？」

「な、なんでもないわ。私も参加する。招待状に出席のお返事を出しておいてちょうだい。それから、すぐに仕立て屋を呼んで。ドレスを新調するわ」

「招待状のお返事は、直筆じゃないと……」

「そんな面倒なこと、やっていられないわ。私の筆跡を真似して、いつものようにやってよ」

「ですが……」

「……チッ……何度も同じことを言わせんなよ。さっさとやれって言ってんの！　クビになりたいわけ⁉」

「も、申し訳ございません。かしこまりました」

侍女のリリが青ざめ、慌てて出て行った。

「はあ……ホント、使えないんだから」

ソファに寝そべり、テーブルにあったマカロンを口に入れた。

アタシの名前は、クラーラ。グロール伯爵家の令嬢で、前世はこの世界の人間じゃない。アタシの前世は日本の女子大生だ。

姉と一緒にコンビニへ向かっていたところ、トラックに跳ねられてしまい、生前ハマッていた十八禁乙女ゲーム「キミ色世界」の中のヒロインであるクラーラに転生した。

「ふふ、でも、アタシったら、強運すぎ。ヒロインに転生できるなんて」

転生したことに気が付いたのは、三年前だった。

ダンスのレッスンで足がもつれて転んじゃって、頭を打った瞬間、前世の記憶がバーッと入ってきたんだよね。

まだまだ前世でやりたいことがあったから、死んじゃったことにショックを受けて荒れたけど、死んじゃったもんはどうしようもないし、クラーラとしての人生を生きるしかない。

幸いにもアタシが生まれ変わったのは、クラーラ！　攻略キャラを選び放題！　もちろん、アタシが選ぶのは、最推しのダーフィト！

今までゲームなんて興味なかったのに、お姉ちゃんに勧められてプレイし始めたらドハマリしちゃった。

それからは大好きだった夜遊びをやめて、ダーフィトのファンアートを巡回するようになった。次第にそれだけじゃ物足りなくなって、自分でも二次創作するようになったんだよね。

まさか、本当にダーフィトを落とせる日が来るなんてねっ！

本来ならダーフィトと出会うのは、一年後の建国記念祭なのに、特に絶対参加が義務付けられてない舞踏会に出席するなんて、どうなってんの？

一応、ダーフィトの情報を集めておけって言った甲斐があった。

一年後なんて待ってらんない。ゲットできるなら、さっさとゲットしてダーフィトとイチャイチャしたいもんね。

「んふふ、楽しみっ」

「何が楽しみなの？」

ノックもなしに現れたのは、どのルートでもクラーラを虐(いじ)めて、断罪される悪役令嬢のヘレナ・オジアンダーだった。

「おねえ！」

「ちょ、その呼び方やめろって言ってんでしょ」

「仕方ないじゃん。ずっとそうやって呼んでたんだからさぁ」

なんとおねえは、悪役令嬢のヘレナに転生していた。

よりによってヘレナ？　うけるんだけど！

おねえは足を滑らせて、湖に落ちた時に前世の記憶を思い出したらしい。

おねえと再会したのは、社交界デビューの時。姉妹の絆(きずな)なのか、顔を合わせた瞬間、お互いビビッときたんだよね。

で、おねえから話しかけてくれて、今に至るってわけ。

「ま、二人きりだし、いいじゃん」

「癖になって外でそうやって呼んだら面倒なことになるでしょ」

「んじゃ、ヘレナね。それよりも、ニュース！　ニュース！　何だと思う？」

「ウザ絡みやめろって」

「も～少しは乗ってよね！」

「いいから早く言って。機嫌よさそうってことは、良いニュースなんでしょ？」

「そそ！　なんと、ダーフィトが今度王城で行われる舞踏会に出席するんだって！」

「え、ダーフィトが社交界に出るのって、来年じゃなかったの？　なんで今？」

「しらなーい。うちらが転生したことで、時系列が多少変わってんじゃない？」

「なるほどね。確かにクラーラとヘレナが仲良くなること自体、本来のゲームの流れからは変わってるし、あちこち変わっててもおかしくないか」

「一年後とか待つの怠いし、ラッキー！」

「じゃ、出席するのね？　私も出席の返事出しておくわ」

「ん、そうしてー」

「あんた、約束覚えてる？」

「当たり前でしょ。おねえの断罪イベントを回避する手伝いをする。そんでもって、アタシがダーフィトを落として、んで、おねえとシェアするんでしょ！　ちゃんと覚えてるって」

さすが姉妹だけあって、好みも一緒。おねえとアタシの推しは、ダーフィトだ。

普通の男をシェアするなんてありえないけど、ダーフィトはゲームキャラで、実際の人間じゃないし。

それにおねえに恩を売っておけば、後で役立つかもしれないし、シェアしてもいいかなーって。

「おねえ、今日泊まってく?」

「んーそうしよっかな」

「そうだ。今日仕立て屋呼ぼうか！　一緒に新しいドレス考えようよ」

「あ、それいいね。でも、そんなすぐに来る?」

「来なかったらお前のとこは、二度と利用しないって脅してやればいいよ。うち、上客だし、焦ってくるはず」

そういえば、そろそろダーフィトの最初の妻のベアトリスが、彼の手によって殺されるはずだけど、訃報が聞こえてこないわね。隠ぺいしてんのかな?

ま、いっか。どうせダーフィトは、クラーラのものになるんだから！

「ちょっと、トイレに行ってくるわ。おねえ、リリに仕立て屋を呼ぶように言っておいて」

「はいはい」

トイレに向かう廊下で、使用人たちがヒソヒソ話す声が聞こえる。

「クラーラお嬢様、悪魔に憑りつかれているんじゃないかしら……あんなにお優しかったのに、今は横暴で、言葉遣いも乱暴になって……」

「シッ！　クラーラお嬢様のご機嫌を損ねたら、鞭で打たれた後に解雇になるわよ！」

「何？　あんたたち、鞭で打たれたいの？」

声をかけると、驚いた猫みたいに使用人たちがビクッと身体を震わす。

「ク、クラーラお嬢様！」

「どうかお許しください……っ！」

「……今日は機嫌がいいから、許してあげるわ。でも、次に見つけたら、鞭打ちに解雇だけじゃ済まさないからね。八つ裂きにして、豚の餌にでもしてやるわ」

震えながら謝罪する使用人たちを無視して、トイレへ向かう。

あ～本当に気分がいい。画面越しじゃなくて、生のダーフィトとイチャイチャできるの、楽しみっ！

早く舞踏会の日が来ないかな。

「ベアトリス、とても綺麗だ」
「もう、ダーフィト、さっきからそればかり」

「だって、綺麗なんだ。美の女神もキミに嫉妬するはずだ」

「て、照れちゃうので、やめてください」

王城のホールへ続く廊下を歩く中、ダーフィトは進行方向ではなく、私の方を向いていた。

何度も仕立て屋のライラと打ち合わせを重ね、できあがった衣装は見事だった。

私のドレスは淡い水色の生地を使い、スカート部分には色とりどりの薔薇のコサージュが縫い付けられている。ちなみにダーフィトの希望通り、露出は少ない。

ダーフィトも同じ生地でスーツを作り、ブローチとボタン等は、私のアクセサリーとお揃いのブルーダイヤモンドを使っている。

「ダーフィトも淡い色が似合わないなんて言っていましたけれど、とっても似合っていますよ。格好いいです」

「そうか？　キミにそう思ってもらえると嬉しい」

照れるダーフィトが可愛くて、この場でイチャつきたくなるのを我慢する。ホールの扉前に立つと、ダーフィトの顔が厳しいものになった。

「ダーフィト、どうしました？」

「いつものことだが、俺は呪われていたから、貴族たちが陰で悪く言う。それは別にいいんだが、俺のせいでキミまで悪く言われて、傷付けられたらと思うと……」

私はダーフィトの腕に添えた手に、ギュッと力をこめる。

「心配しないでください。私は悪く言われようが、まったく気にしませんよ。むしろダンスでダーフィトの足を踏んでしまうんじゃないかってことが気になります」

「ベアトリス……」

「早く行きましょう」

「ああ、そうだな」

ダーフィトが合図すると、両脇に立っていた騎士たちが扉を開けた。

「ガイスト大公夫妻、ご入場です」

周りの視線が集まる。

ん？　あら？

確かに周りはヒソヒソと何かを話している。

でも、ネガティブなものばかりではなさそうだ。なぜなら女性たちの多くは、とろけそうな目でダーフィトを見ていた。

何を言っているかは聞こえないけど、簡単に予想が付く。絶対にダーフィトのことを格好いいと言っている。

ダーフィトは元々驚くほど美しい。でも、今日はその美貌にさらに磨きがかかっているのだから当然だ。

私に向けられるのは、女性からだと羨望の目……ダーフィトを手に入れられたことを羨ましく思っているのだろう。

そして男性からは、ねっとりとまとわりつくような目だ。上から下まで見られている。

見たくなる気持ちはわかるわ。ベアトリスは美しいものね。

特に今日はダーフィトが一生懸命こだわったドレスを着ているから、芸術作品のように美しいでしょう？

「やはり、俺のせいで……」

けれど、ダーフィトはそれがすべて悪意の視線に感じるようだった。無理もない。つい最近まで呪われ、たっぷりと悪意を受けて育ってきたのだから。

「ベアトリスを悪く言われるのは許せない。殺してやりたい」

ダーフィトの目は、血走っていた。

ちょ、ちょっと――――……！

私はダーフィトの手をギュッと抱き寄せ、驚いて私の方を見た彼の目をジッと見つめる。

「ベアトリス……」

「ダーフィト、どこの令嬢によそ見しているんですか？　あなたは私だけを見ていればいいんです。

浮気は許しませんよ」

血走った目が、トロリととろける。ダーフィトは私の頬に触れると、誰もが見惚れてしまうような笑みを浮かべた。

「嫉妬してくれるのか？」

「当然でしょう？　お返事はどうしました？」

「ああ、浮気なんて、絶対にしない。令嬢を見ていたわけじゃないんだ。だから許してくれ、ベアトリス」

「ええ、許してあげます。絶対によそ見しないでくださいね？」

「ありがとう。ああ、わかった。キミだけを見ている」

ダーフィトの笑った顔を見た令嬢たちが、ざわつく。みんな頬が赤い。私もきっと赤くなっていることだろう。

「ガイスト大公様、お久しぶりです。こういった場にいらっしゃるのは珍しいですね。本日は奥様もご一緒で……」

「ガイスト大公様、初めまして、わたしは――……」

貴族たちと次々と会話を交わし、国王陛下の挨拶が終わり、やがてオーケストラが音楽を奏で始めた。踊る者はホールの真ん中へ、談笑や食事を楽しむ者は端に寄る。

「ベアトリス嬢、踊っていただけますか？」

ダーフィトがかしこまり、手を差し出してきた。

「ええ、もちろんですわ」

私もかしこまって振る舞い、その手を取った。

記憶を取り戻す前は、ベアトリスとして振舞っていたからダンスもしっかり習ってきたし、舞踏会にも何度も出席し、踊ってきた経験がある。

でも、記憶を取り戻してからは初めてで、ちゃんと踊れるか不安だったけれど、ダーフィトと踊り始めるとそんなものは消えた。

ダーフィトのリードはとても心地よく、今までで一番上手く踊れていた。

彼が熱い視線を送ってくるものだからドキドキして、こんなにたくさんの人がいるのに、二人きりでいるような感覚になっていく。

本来なら一曲踊った後は、別の人と踊るのがルールなのだけど、私たちは続けて三曲踊って、その後は他の人の誘いを断って端に寄った。

「はあ……喉、カラカラ」

「三曲も踊ったからな。何を飲む？」

ちなみに私は動くのも嫌いで、運動も嫌いだ。でも、ダーフィトとのダンスは、とても楽しかった。

好きな人とすることは、なんでも楽しいのね……。

「そうですね。ドレスに跳ねたら怖いので、色のついてないのがいいです」

「そうだな。俺もそうしよう。白ワインは飲めるか？」

「大丈夫です」

ダーフィトが頼んでくれた白ワインを二人で飲みながら、今日の招待客を改めて眺めた。よく見たら、攻略キャラたちがいる。

ダーフィトに夢中で、全然気が付かなかったわ。

俺様系キャラのアレクサンドル王子、この前も会った女たらしキャラのカルヴィン伯爵家の子息のジェレミー、クール系キャラで、クラーラの義理の弟のマクシム……。

三人とも輝いている。

ちなみに人気投票ナンバーワンは、私のダーフィトだった。二次創作もダーフィトのものが一番投稿されていて、毎夜読み漁ってたっけ。

クラーラ……ダーフィトじゃなくて、この三人のうちの誰かのルートを選んでくれないかしら。

「ベアトリス、誰を見ている？」

「えっ」

ダーフィトの方を向くと、不服そうに私を見ていた。

「他の男を見ていたのか？」

す、鋭い……！

誤魔化しても無駄だから、認めることにする。

「ええ、私の夫は、ここにいる誰よりも格好いいなぁって自慢に思っていたところです」

にっこり微笑むと、ダーフィトが頬を染めた。

「そ、そう思ってくれるのは嬉しいが、あまり他の男を見ないでほしい……キミの美しい瞳に他の男が映るだけで、嫉妬でおかしくなりそうなんだ」

「ふふ、わかりました」

男性を見ないようにと言っても、男女入り交じっているので目線を置く位置が難しい。ふと、少し離れたところに、金色の髪の女性がいることに気が付いた。

この国で金色の髪は珍しくない。でもその女性は一際美しい金だった。

ダーフィトと街でデートした時といい、過剰反応しちゃってるかも。ダーフィトとクラーラが出会うイベントは、まだまだ先のことよ。今日は純粋に楽しもう。

「そういえば、ダーフィトはお酒に強いんですか？」

「酔うまで飲んだことがないからわからないな。キミは？」

「私は強くないと思います。一杯飲むと、頭がフワフワしてくるので」

「そうか。じゃあ、それを飲み干したら、酔った可愛いキミが見られるのか。でも、他の者に見せるのは嫌だな。ほどほどにしてくれ」

「ふふ、じゃあ、半分ぐらいにしておきます」

バカップル丸出しの会話をしていると、誰かがダーフィトにぶつかってきた。

「きゃあっ！」

パシャッという音と共に、水色のスーツが赤く染まり、ワインの匂いが広がる。

え…………？

「も、申し訳ございません！　私ったら、慣れない高いヒールを履いていたから、躓（つまず）いてしまって
……ああ、どうしましょう！」

目の前にいたのは、長い金色の髪に青い瞳の美しい女性——クラーラだ。

どうして、クラーラがここにいるの⁉　ダーフィトと出会うのは、一年後の建国記念祭だったはず
なのに！

クラーラがダーフィトにワインをかけたということは、これはダーフィトのルートということだ。

ちなみにダーフィトのルートを選ばない時は、ただぶつかるだけだった。

終わった……。

目の前が真っ暗になる。

ダーフィトが私以外の女性を好きになるのを、見たくない……！

思わず目を逸らそうとしたその時、ダーフィトが私の方を向いた。

「ベアトリス、大丈夫か⁉　かかっていないか⁉」

「え？　え、ええ、私は、大丈夫です……」

「よかった……」

「あの、本当に申し訳ございません……私はクラーラ・グロールと申します。スーツに染みが付いてしまいましたね。私が綺麗にしますので、別室に移動を……」

クラーラがダーフィトに手を伸ばすと、彼はその手を跳ねのけ、クラーラを冷たい目でギロリと睨みつけた。

「俺に触れるな」

「えっ」

えええええええええええええっ⁉

「はあ……こんな格好では、ベアトリスに恥をかかせてしまう。もうここにはいられないな。ベアトリス、すまない。今夜はもう帰ってもいいだろうか……」

「え、ええ」

「すまない。ありがとう。じゃあ、行こう」

ダーフィトは私の肩を抱き、出口へ向かう。

「あ、あの、ガイスト大公様……っ！」

クラーラが呼びかけても、ダーフィトは無視して振り向こうとしない。

ゲームの流れと、全然違うけど⁉　え⁉　どうなっているの⁉

気になって振り返ると、赤い髪の女性が慌てた様子で寄ってきて、クラーラを気遣っていた。

んん⁉　あれは、どのルートでもクラーラを虐めて、断罪される悪役令嬢のヘレナ・オジアンダーよね⁉　どうしてヘレナがクラーラと親しげなの？

ヘレナとクラーラが友人になるルートなんて一つもなかった。それなのに、どうして？　一体どうなっているの？

すると、二人と視線があった。

彼女たちは不思議そうに私を見て、二人で何かを話している様子だったけれど、私の耳には届かなかった。

「なんで、ベアトリスが生きてんの？　ベアトリスは、どのルートでも、ダーフィトに殺されてたじゃん……！」

クラーラと出会ってから、一か月が経とうとしていた。

ガーデンパーティーへ向かう馬車の中、ダーフィトは私に熱い視線を向けていた。

「ダーフィト、どうしました？」

「ベアトリスが綺麗で、見惚れていた」

「ありがとうございます。ダーフィトもとっても格好いいです。淡い色は似合わないなんて言っていましたけれど、とてもお似合いですよ」

「そ、そうか？　やはり自分では似合うと思えないんだが、キミがそう思ってくれるのがとても嬉しい」

「他の令嬢たちも同じことを思っていると思いますよ。でも、よそ見しては嫌ですからね？」

独占欲を見せると、ダーフィトが嬉しそうにするので遠慮なく言うことにしている。

「嫉妬してくれるのか？　キミはどこまで俺を喜ばせるつもりだ？　キミ以外の女性なんて目に入らない。キミも俺以外の男は見ないでくれ」

「ええ、もちろんです」

この一か月の間、私はダーフィトといくつかのパーティーに参加した。もちろん決めてきたのは、彼だ。

私が外出は好きじゃないということは理解してくれたのだけど、私が着飾った姿が見たいそうで……そんな可愛いことを言われたら、行きたくない！　とは言えなかった。

今日はカルヴィン伯爵夫人が主催するガーデンパーティーの招待を受けた。

そう、攻略キャラの一人であるジェレミーの屋敷で、彼の母が主催するガーデンパーティーだ。

ちなみに私は全キャラ攻略しているから、ジェレミーも攻略済み。彼の母親は自分を着飾ることや社交に夢中で、ジェレミーに愛情を与えなかった。

本日のガーデンパーティーも、彼は欠席予定。

愛情に飢えていたジェレミーは女たらしとなり、たくさんの女性たちと夜を楽しんだ。

ジェレミールートではこのガーデンパーティーに参加したクラーラが、風で帽子を飛ばしてしまい、そこで庭の奥にいたジェレミーと出会う。

ジェレミーはいつもの調子でクラーラを口説いたけれど、初心(うぶ)な彼女は恥ずかしくて逃げ出してしまう。

その時の愛らしい顔が忘れられず、ジェレミーはクラーラに夢中になっていく……という展開だ。

今日、クラーラが来たら、ジェレミールートということになるけれど、どうなのかしら。

イマイチ読めない。

クラーラは社交に積極的ではなくて、必要に駆られた時だけ参加するという設定だったのに、私たちが参加したパーティーには、毎回クラーラの姿があった。

しかも、悪役令嬢のヘレナと共に行動をしているのが不思議でならない。

何かがおかしい。私がベアトリスの中に入ったことで、何か変わってしまったのだろうか。

ダーフィトは、クラーラに好意を持つどころか、大嫌いになっていた。

せっかくのお揃いの衣装を台無しにされた。ずっと大切にするつもりだったのに、染みが残ってしまった。作り直したとしても、あの日着ていたものとは違う。

それに二人の初めての舞踏会を邪魔した。特別な日だったのに、すべてあの女のせいだ。許せないと何度も言っていた。

ワインをかけるのは、ダーフィトとクラーラが親交を深めるはずのエピソードだったのに、一体、どうなっているんだろう。

クラーラはパーティーで毎回ダーフィトに話しかけにきたけれど、彼は一切の無視を決め込んでいる。

私の方が居たたまれなくなり「ダーフィト、クラーラ嬢が話しかけてくださっていますよ」と声をかけた。すると、クラーラは私を睨みつけ、それを見たダーフィトが「俺の妻に対して、その無礼な態度はなんだ。二度と話しかけてくるな」と威圧する。

周りにいた全員が凍り付いた、もちろん、言われた本人であるクラーラも。

しかし、彼女は次に会うと、怒られたことなんてなかったことにして、ダーフィトに話しかけてくるという逞しい女性だった。

ゲームでは純粋無垢な可憐な女性という印象で、そんな逞しいイメージじゃなかったんだけど、どうなっているのかしら。

「ねえ、ダーフィト……」

「ん？　どうした？」

ダーフィトは目を輝かせ、私の手をギュッと握ってきた。

彼が送ってくる視線や声のトーンで、ダーフィトの私に対する気持ちが伝わってきて、頬が熱くなる。

すると顔を近付けられた。

「ちょ、ちょ、何ですか？」

「キスをしたいのかと思って。違ったか？」

「違……んんっ」

違うと言いたかったのに、キスされて何も言えなくなる。

「キミがしたくなくても、俺はしたい。可愛い唇だ」

「もう……ああ、口紅が付いてしまいましたよ」

ハンカチを出して、私の口紅が付いた唇を拭ってあげると子供みたいな顔で笑うものだから、またキスしたくなってきてしまう。

「それで、どうしたんだ？」

「あの、クラーラ嬢のこと、どう思いますか？」

クラーラの名前を出した途端、ダーフィトの顔から笑みが消え、こめかみに血管が浮き出るのが見えた。

あ、すっごい不機嫌になった。

「あの不届き者のことか？」

「ふ、不届き者……」

「名前を出したくないほど腹が立つ女だ。人の大切な衣装を汚しておいて、何事もなかったかのように話しかけてくる厚かましさ、きちんと教育された令嬢とは思えない。俺が国王なら、あの女の家門を剥奪してやりたいぐらいだ」

とんでもなく嫌っているわね。ここから好きになる……っていう未来が見えないけど、どうなのかしら。

「いつも完璧なキミを見ているから、余計に目が付く」

ダーフィトの目には、こんな私が完璧に見えているらしい。容姿は納得だけど、普段の私はそこまで完璧じゃないわよ？

恋は盲目とは、まさにこのことを言うのだろう。

到着すると、カルヴィン伯爵夫妻が出迎えてくれた。

「本日はお忙しい中お越しいただき、ありがとうございます。どうか楽しんで行ってくださいね。さあ、こちらへどうぞ」

うわぁ～……！

カルヴィン伯爵邸の庭は、まるで夢の中みたいと乙女チックなことを言ってしまいたくなるように美しかった。色とりどりの薔薇が咲き、アーチやメルヘンチックなデザインの噴水や白いガゼボが見える。ガイスト大公邸の庭は立派だけど、こっちはメルヘンに特化してるって感じだわ。

私はこっちの庭の方が好きかも～……！

え、この素敵な庭じゃなくて、なんで私の方を見ているの？

見惚れていると、ダーフィトが私の方を見ていた。

「ベアトリス、この庭が気に入ったのか？」

「え？　ええ、とっても素敵です。可愛いです」

「そうか。では、我が家の庭もこのようなデザインに……いや、それ以上のものにしよう」

対抗心を燃やしているらしい。ダーフィトはギラギラした目で庭を見ている。もう、それは、仇（かたき）を見るかのような目だ。

「いやいやいや！　ガイスト大公邸は、あのままでいいじゃないですか！　確か、初代大公夫人がこだわった伝統ある庭だって聞いていますよ」

「……そういえば、そうだったな」

よかった。思い直してくれたみたいね。

「それならば、余計に変えてもよさそうだな」

「いや、どういう理屈⁉」

「現ガイスト大公夫人は、キミだ。大公家の伝統なんてどうでもいい。俺はキミが気に入ってくれる庭にしたい」

伝統に縛られるのはよくないこともある。時代の流れで変えるべきものもあるでしょうけど、これは明らかに変える必要がないものでしょうに！

「でも、あなたと一緒にお散歩した思い出のある庭ですよ？　私は大切にしたいですけれど、あなたは変えたいんですか？」

上目遣いに尋ねると、ダーフィトが頬を染める。

「……いや、そうだな。俺たちの思い出の庭だ。変えなくてもいいな」

ふぅ、私もダーフィトの扱いが大分わかってきたわね。

私たちのやり取りを見て、カルヴィン夫妻が目を丸くしていた。視線が合うと、二人ともあからさまに狼狽(うろた)える。

「も、申し訳ございません。不躾に見てしまい……仲がよろしいというお噂は聞いていたのですが、こんなにも仲がよろしいとは思わず……」

「ガイスト大公様が笑っているところも初めて拝見しました。いつもは目が合うだけで心臓が止まりそうになるほど恐ろし……ごほんっ！　いえ、なんでもございません。素晴らしい奥様をお迎えされて、本当によかったですね」

口を滑らせて本音まで言っているけれど、ダーフィトは私を褒められたことで気分を良くしたらしく、特にそこを突っ込む様子はなかった。

「ええ、妻は本当に素晴らしい女性なんです。美しく、優しく、女神すら彼女に嫉妬すると思います。私には勿体ない女性です。毎日彼女と時間を共にできるのが嬉しく、幸せで……」

「ちょ……っ……や、やめてください！　もう、それ以上言わないで！」

本人を目の前にして褒めるのはやめて！　こういうのは、陰で言うものでしょ!?　どんな反応をすればいいかわからないじゃない！

「照れているのか？　可愛い……」

ダーフィトがうっとりした様子で私を見ている。そしてそんな私とダーフィトをカルヴィン夫妻が眺めていた。

や、やめてって言ってんでしょ〜〜〜……！　バカップル、いや、馬鹿夫婦が公開処刑されてるじゃないっ！

「さあ、こちらの席にどうぞ」

庭が一望できる場所に、席が設けられていた。名家の令嬢や夫妻たちが出席していて、その中にはクラーラとヘレナの姿があった。

あ、クラーラも参加するんだ。ということは、ジェレミールート⁉

期待が高まっていると、ダーフィトに気が付いたクラーラが立ち上がり、駆け寄ってくる。

「ガイスト大公様、ごきげんよう。お会いできて嬉しいですわ」

うわぁ、可愛い……！　主人公オーラ、半端ないわ……！　そして、私の存在は無視ですか。

もう、彼女の目には、ダーフィトしか入っていない様子だ。

まあ、本来のゲームのルートでは、私はとっくにいない存在だし、これが本来あるべき流れなのかもね。

「こちらは不愉快だ」

ダーフィトが睨みつけると、クラーラの笑顔が凍り付く。というか、周りにいた全員が凍り付いた。

「同じ場に居るだけでも不愉快なのだから、挨拶をしてこないでくれ。ベアトリス、行こう」

「あ、は、はい、クラーラ嬢、失礼いたしますね」

声をかけても、クラーラから返事は来ない。

「おい、妻が声をかけているのに、無視するとはどういうつもりだ」

「い、いえ、そんな、私に声をかけてくださったなんて思わず……」

「妻はお前の名前を呼んだだろう」

まずい！　第二ラウンドが始まってしまう……！

「ダーフィト……！　喉が渇きました。座ってお茶をいただきましょう。ね？」

「ああ、それは大変だ。すぐに座って飲もう」

私が声をかけると、ダーフィトはコロッと態度を変えた。周りの凍り付いた人たちも、ホッと安堵(あんど)の溜息(ためいき)を零(こぼ)すのがわかった。

「何よ、あれは……どうなっているのよ」

クラーラが小さな声で何か言っているようだったけれど、聞こえなかった。

ダーフィトとクラーラで最初は殺伐としていたけれど、パーティー自体は和やかに進んで行った。出されたお菓子やお茶はどれも美味しく、つい食べすぎてしまう。コルセットで締めていなければ、さらに食べていたと思う。

「ベアトリス、美味しいか？」

「ええ、とても」

「俺のも食べるといい」

「もう、ダーフィトが勧めるせいで、食べ過ぎちゃうからやめてください。太ったらどうするんですか」

「太ったキミも可愛いと思う。見てみたい」

「や、やめてください」

そういえば、ゲームではこの後に突風が吹くのよね。

そして風で帽子が飛ばされて、追いかけたクラーラと庭の奥にいたジェレミーが出会うわけだけど、どうなるのかしら。

そんなことを考えていたら、早速風が吹いた。ゲームの流れと同様にクラーラの帽子が風で飛ばされてしまう。

「あっ！　クラーラ嬢の帽子が……！」

「大変！」

周りの令嬢が騒ぐ中、クラーラは冷静に髪を直していた。

「ああ、気に入っていたものじゃありませんので、大丈夫です。ちょっとそこのあなた、何をボサッとしているの？　早く私の帽子を拾ってきてよ」

持っていた扇を上下に揺らし、近くにいた侍女に指示する。

えええ――……！

ゲームの流れでは、侍女が取りに行こうとするのを静止して「自分で行けるから大丈夫よ（ニコッと可愛い笑顔で）」って言って、自ら帽子を追いかけていたわ。

なんかこのクラーラって、私の知っているクラーラとは違うのよね。

侍女が帽子を取ってきてくれると、クラーラはお礼どころか目を合わせずに帽子を奪うように受け取り、テーブルに置いた。

「クラーラ嬢、被りませんの？」

「ええ、被るわけないじゃないですか。一度地面に落ちたものですから、汚いでしょう？」

近くの令嬢が尋ねると、クラーラは鼻で笑って答えた。

か、感じが悪いわ……。

「さっきまで穏やかだったのに、嫌な風が吹き出しましたわね」

「ええ、本当に」

そう言っている間に、もう一度風が吹く。

「あっ」

今度は私の帽子が飛んでしまった。

「奥様、私が取ってまいります」

近くに居た侍女が声をかけてくれるが、それと同時に向かいの席に座っていた夫人が紅茶をひっくり返してしまった。

「大丈夫ですか⁉」

「ええ、かかってはいないので大丈夫です。失礼いたしました……」

「よかったです。帽子は自分で取りにいけるから、あなたはここを片付けてくれる？」

「かしこまりました」

「ベアトリス、俺が……」

「大丈夫ですよ。すぐに戻ります」

確か、あっちの方に飛んでいったわね。

ジェレミールートで見たけど、ここの庭園は迷路みたいに入り組んでいる。

カルヴィン夫人がこだわって作らせた庭園――ジェレミーはこの庭園でクラーラに出会い、そして迷路みたいで人気を避けられるここで、情事に及んでいた。

変なことを思い出しちゃったわ……。

クラーラが帽子を取りに行かなかったってことは、ジェレミールートじゃないのね。じゃあ、やっぱりダーフィトルート？

異分子であるベアトリスこと私が生きているから、おかしなことになっちゃっているのよね。

でも、ダーフィトの妻の座を譲るつもりはない。どんなことをしたって、彼の隣にいたい。

角を曲がると、金色の長い髪を後ろにまとめた美青年が、私の帽子を持っていた。

そう、ジェレミーだ。

「あ……」

思わず声を出すと、ジェレミーがこちらを向いた。

「……っ」

私を見ると、ジェレミーは目を丸くする。

え、なんかすごく驚いてるけど、大丈夫？

「驚いた……女神が突然現れたかと思いましたよ。えーっと、人間ですよね？」

はいはいはい、そうだわ。ジェレミーって、こういうキャラだった。それにしても、驚く演技が上手過ぎだわ。

「ごきげんよう。私はベアトリス・ガイストと申します。そちら、私の帽子です。取ってくださって、ありがとうございます」

「ガイスト……ああ、ガイスト大公の妻って、あなたのことだったんですね。僕はジェレミー・カルヴィンと申します」

ジェレミーが近付いてくる。帽子を渡してくれると思って手を出すと、ジェレミーはその手を掴んでくる。

「なんて美しい人だ。このまま、あなたを連れ去りたい」

「えっ⁉」

あ、あれ？　これってゲームでジェレミーがクラーラに言うセリフよね⁉　なんで私が言われてるの⁉

「ベアトリス嬢、あなたと深い関係になりたい」

「い、いいえ、私は既婚者で……っ」

「構いません」

私は構うのよ！　もう、なんでこうなっちゃうの……ジェレミーって強引に唇を奪ってくるようなキャラだからマズいわ。しっかりガードしないと……。

「その手を切り落とされたくなければ、俺の妻から手を離せ」

鳥肌が立つほど冷たい声が聞こえてきた。振り向くと、ダーフィトが恐ろしい形相でジェレミーを睨んでいた。

「ダーフィト！」

ヤバい！　とんでもなく怒ってる！

ダーフィトはすでに剣を抜いていた。ジェレミーは小さくため息を吐くと、私から手を離した。

「ガイスト大公、申し訳ございません。どうかお許しを」

「我が妻を口説くなど、許せるわけがない」

ダーフィトが剣を振り回さないように、すかさず彼の元へ行く。

こ、これは、大変なことになっちゃったわ。

嫉妬深いダーフィトのことだ。大げさじゃなく、刺し殺しかねない。この場を早く治めなければ
……そうだわ！

「ジェレミー様、先ほどの冗談は聞かなかったことにします。私には愛する夫がいますので、彼以外の人と深い関係になるなんて無理ですから」

恥ずかしいけど、死人が出るよりはマシよ……えいっ！

私はうんと背伸びして、ダーフィトの顎にキスをした。頬にしたかったけど、顎までしか届かなかった。

「……っ……」

ダーフィトの顔が見る見るうちに赤くなった。

可愛い……と思っていたら、ダーフィトは剣を捨て、私を抱き寄せて唇にキスしてくる。

「んん……っ！」

え、ちょ、ちょっと、こんな人前で……!?

しかも、軽いキスじゃなくて、濃厚なやつだった。舌を入れられ、ねっとりと絡められた私は、ジェレミーが見ているにも関わらず、秘部を濡らしてしまう。

「……っ……ダーフィト……！　ひ、人前で……」

「キミからしたんじゃないか」

「軽くチュッてしただけです！　それなのに、こ、こんな……」

もう、恥ずかしくて、ジェレミーの方を見られない。

「仲睦まじく、羨ましいです。こちら、風で飛ばされてきた帽子です。どうぞ」

ダーフィトはジェレミーが差し出した私の帽子を受け取ると、拾った剣で真っ二つに切った。

「あっ！　どうして切っちゃうんですか！」

「すまない。他の男が触れた物をベアトリスに身に着けてほしくない。新しいのを買うから、許してくれ」

ダーフィトが剣を収めたのを見て、密かに安堵する。

よかった。これで、ジェレミーが殺されることはなさそうね。

「じゃあ、ダーフィトが、選んでくれますか？　私に似合う帽子……」

ダーフィトの唇に付いた口紅をハンカチで拭ってあげると、彼は嬉しそうに微笑んだ。

「ああ、もちろんだ。たくさん作ろう」

ジェレミーを残して席に戻ると、クラーラとなぜかヘレナまでもが、こちらを睨んでいた。

うう、なんでこうなるの？　外に出るのって疲れるのに、これじゃあ、余計に疲れるわー……。

第五章　教えてあげる

「モニカ、あっちのお店も見てみたいわ」

「ええ、もちろんです。行きましょう」

ダーフィトに一人で外出していいという許可を貰ったものの、外出嫌いの私は相変わらず屋敷にこもっていた。

でも、今日はモニカを連れて、街に出ている。

来週、ダーフィトの誕生日があるからだ。何か良いものをプレゼントしたいと思って、買い物に来たのだった。

「ダーフィトは、何をプレゼントしたら喜んでくれるかしら……」

なんでも喜んでくれそうな気はするけれど、なんでもじゃ駄目なのよ。思い出に残る素敵なものじゃないとね。

「ふふ、奥様、一生懸命ですね」

「モニカ、奥様って呼ぶの、嫌だったんじゃないの？」

「最初は嫌でした。だって、旦那様があまりに酷いから……でも、今は旦那様が奥様を愛していて、とても大切にしてくださっていますし、奥様も旦那様を愛していらっしゃるのがわかります。ですから、奥様と呼ぶことにしました」

「な、なんか、照れちゃうわ」

「ふふ、いつもあれだけ外に出ましょうとお誘いしても断る奥様が、旦那様の誕生日の贈り物を探すために外に出るくらいですものね」

「だ、だって、誕生日は特別だもの。喜んでもらいたいし、やっぱり直接選びたいと思って……」

「素晴らしいですわ。奥様のお気持ち、絶対に旦那様に伝わりますわ」

「え、ええ……それにしても、人が多いわね」

「今日はちょうどお祭りをやっているみたいですね。屋台がたくさん出ています」

「へえ、お祭りね。この国って、結構お祭りが多いわよね」

「そうですね。二か月おきにありますからね」

そういえば、他のキャラのルートでは、クラーラが攻略キャラとお祭りに行く話があるって書いてあったわね。

「はぐれないように気を付けないといけませんね」

「そうね。私、方向音痴気味だから、モニカと離れたら大変だわ」

次のお店に入ると、エメラルドのカフスボタンが視界に止まった。

あ、これ……。

「このカフスボタンのエメラルド、奥様の瞳の色と同じですね」

「私もそう思ったの」

ダーフィトも、自分の瞳の色と同じ宝石をくれたのよね。うん、いいかも。

「これ、ください」

お会計を済ませ、ラッピングしてもらってお店を出た。

いいものが見つかってよかった。

「モニカ、今日は付き合ってくれてありがとう。疲れたし、カフェで休憩を……とっとっと」

「お、奥様ーっ！」

お店を出たところで、パレードがきたタイミングだった。私とモニカの間をパレードが通り抜けていく。

見物人でごった返し、とてもじゃないけれど、元の場所に戻れそうにない。

「モニカ、この先のカフェで待ち合わせしましょっ！」

大きな声で叫ぶと、パレードの向こうで「はーい！」とモニカの声が聞こえてきた。

これでちゃんと落ち合えるわね。すごい人だけど、カフェは空いているかしら？　まあ、満席だったら、外で待っていればいいか。

それにしても人が多いわ。ぶつからないように歩くのが精いっぱい。

「あの、すみません。これ、落としましたよ」

「え？」

後ろから声をかけられた。振り返ると、フードを目深にかぶった人が立っていた。顔は見えないけれど、声や体系的に男性だ。

「これ……」

男性が差し出したのは、知らないハンカチだった。

「あ、私の物じゃないです」

すると男は私の手を掴んできた。

え、不審者……⁉

「ちょ……っ……」

大きな声を出しそうになると、男が布で巻いて隠してある何かを、私のお腹に当ててくる。

「大声を出したら刺しますよ。ガイスト大公夫人」

刺すって、これ、もしかして刃物……⁉

「……っ」

不審者じゃない。私だってわかっていてやってるんだ。

逃げようにも手を掴まれているし、振りほどけたとしても、人が多すぎて走って逃げることは不可能だ。

ど、どうしよう。え、もしかして私、ここで刺されて殺されるの？　そこでゲームと同じくベアトリスが死んで、ダーフィトとクラーラが結ばれるってこと？

心臓がドクンドクンと、嫌な音で脈打つ。変な汗が背中を伝い、指先が冷たくなる。

どうしよう。どう回避すればいいの？

「声を出さず、ゆっくりとそこの角を曲がってください」

人はたくさんいるのに、みんな出店やパレードに夢中で、誰も私たちの異常な様子に気付いていない。

角を曲がったら、路地裏だ。人の目が届かなくなる。でも、逆らうことができず、男に言われるままに動いた。

「あ、あなたは、誰？　何の目的があって……」

「あなたは知る必要がありません」

男はさっき持っていたハンカチを私の口と鼻に押し当てた。

「んんん……っ！」

殺される……！

こんな終わり方は嫌だ。どうせ殺されるのなら、ダーフィトの方がよかった。

息を止めていたけれど、とうとう限界が来て吸ってしまう。甘ったるい匂いがして、頭がグワングワン揺れ始める。

ああ、もう、駄目――……。

ここで意識が途絶え、真っ暗になった。

うう……頭が痛い。それに喉が渇いたし、背中も痛い。なんか硬くない？　もしかして私、ベッドから落ちた？　というか、いつ寝たんだっけ？

呼び鈴に手を伸ばそうとしたら、手が動かない。

「え？」

目を開けると、そこはいつも寝ている夫婦の寝室じゃなくて、ボロボロの家だった。

なんだろうこの匂い……潮の匂い？　もしかして、海の近くなのかな？

天井や屋根にはあちこち穴が開いていて、橙色（だいだいいろ）の光が差し込んでいる。もう、夕方らしい。床も今にも落っこちてしまいそうで、目の前に小さな蟹が歩いていた。

「げっ」

なんで蟹⁉

思わず飛び起きようとするけれど、身動きができなかった。両手両足拘束されていて、寝そべったまま起き上がれない。

どうして、私、こんなところに……あ、そうだ。さっき変な男に殺されそうになって……。

「生きてる……」

殺されると思ったけど、攫われただけ？　ガイスト大公夫人って言っていたし、身代金目的⁉　じゃあ、まだ生きていられるかもしれない！

わずかな希望を探して自分を励ましていると、扉がギギギと大げさな音を立てて開いた。

「あ、いたいた」

入って来たのは、クラーラとヘレナだった。

「えっ」

なんでこの二人が入って来るの⁉　え、助けに来てくれた……んじゃないわよね？　もちろん。そんなはずないわよね？

「クラーラ嬢に、ヘレナ嬢、どうしてあなたたちが……？」

すると、チッと二人分の舌打ちが聞こえてきた。

え､舌打ち？　誰？　……って二人しかいないわよね？　ヘレナは悪役令嬢だから違和感ないけど、クラーラが舌打ち⁉　嘘でしょう⁉

「こんな手間かけさせやがって。あんたはとっくに死んでるはずのモブ中のモブでしょ？　いつもいつも勝ち誇った顔しやがって、調子に乗るなよ！　モブはさっさと退場しろや！」

モブ⁉　まさか、クラーラって、私と同じ転生者……⁉

いや、まさかっていうか、絶対そう！

だってクラーラは舌打ちなんてしないし、こんな乱暴な喋り方はしないはず。彼女はおっとりフワフワ系で、その愛らしさで、乙女ゲーなのに男性ファンも付いているくらいだ。

「ベアトリスは、全ルートでダーフィトに殺されるモブキャラでしょ？　それなのに生きてる上、ダーフィトに溺愛されてるって、ありえなくない？」

ヘレナがそう話す。

ヘレナも転生者だ……！　だから、悪役令嬢なのに、クラーラと仲が良かったんだ。え、どうなっているの？　この世界、転生者が三人もいるってこと⁉

クラーラが、ジッと私を見下ろす。

こ、怖っ！

「………おい、モブキャラ、何、黙ってんの？　ちゃんと答えろよ」

「い、いえ、あの……」

何を言えばいいのよ……っ！　ていうか、可愛い顔してるのに、めちゃめちゃ迫力があって怖いんですけど⁉

目を合わせられずにいると、クラーラが私の髪を掴んだ。地肌が引っ張られ、痛みが走る。

「痛っ！　何を……」

思わず真正面を向くと、クラーラと目が合う。

「あはっ！　なるほど、そういうことか。あーはいはい」

「な、なんですか？」

「ベアトリス、あんたも私たちと同じ転生者でしょ？」

心臓がドキッと跳ね上がる。

なんでバレたの⁉

「な、んの……ことで……」

「とぼけないでよ。あんた、さっきからモブって言われても、疑問を持ってる様子がないじゃない。普通なら『モブってなんですか？』ぐらい言いそうなものなのに」

そこでバレるの……⁉

「い、いいえ、思っていましたが、恐ろしくて、質問なんてとても……」

弱々しく答える。でも、クラーラは納得していない様子だ。

「あんたが転生者だとしたら、生き残っていられるのも納得できる。ベアトリスの死因は、外出したこと。死なないためには、外出しなければいいんだもの。そうなんでしょ？」

否定しても、肯定しても、酷い目に遭わされそうな気がする。何も言えずにいると、また髪を強く引っ張られた。

「痛っ！」

「あはっ！　何も言えないってことは、やっぱりそうなんだ？　でも、今日は一人で出歩いたよね？　なんで？　……あ、もしかして、抜け出してきたの？　それじゃあ、わざわざ攫わなくても、ダーフィトに殺されてたか。まあ、攫っちゃったものは、どうしようもないけど」

やっぱり、殺すために攫ったんだ……！

「ところでさ、あんたはどうやって死んだの？　アタシたちは、コンビニに行く途中、寒いからって信号無視したら、トラックに跳ねられちゃったんだよね。最悪！　あ、このゲームに入ってるってことは、プレイしたことあるんだよね？　そっちの悪役令嬢は、アタシのお姉ちゃんなの」

「なんで私が悪役令嬢なの？　そこは姉の私が、正ヒロインになるべきじゃない？」

姉妹……！　どうりで仲がいいわけだわ。

「日頃の行いってやつ～？」

「あんたの日頃の行いなんて最悪でしょ！　何回、警察のお世話になったかわかんないじゃない。お母さんなんて、あんたのことで泣いてばかりでさ」

「あーはいはい、うるさいな〜」

警察のお世話⁉　素行が悪かったの⁉　怖っ！

「ったく、ダーフィトを落とせたら、約束通り私にも貸してよ？」

な、なんて約束をしてるのよ！　貸してって、健全な意味じゃないよね⁉　どう考えても、十八禁的な意味だよね⁉

「何度も言わなくても、わかってるってば！　ってことで、アタシたち、ダーフィト推しなんだよね。スチルも全回収してるし、公式から発売されたグッズはもちろん全部買ってるし、二次創作もしてた」

「このゲームにハマってから、夜遊びやめたよね」

「だって、ゲームとか、二次創作の方が楽しいんだもん」

熱狂的なダーフィトファン！

「……………だから、あんたが邪魔なの。ちゃんとゲームの流れ通りに死んでもらわないとね」

クラーラの邪悪な笑みに、ゾッとする。

「でも、殺すのは厄介よね。死体の処理とか大変そうだし、疑われたら面倒だもの」

え、助か……る？

「だから、別の方法を採るわ」

「ポール、入ってきなさい」

ヘレナが気怠げに誰かを呼ぶと、さっきの男が入って来た。

外に居たんだ⁉

ポールと呼ばれた男はフードを脱ぐと、ヘレナの前に跪く。

「お嬢様、お呼びですか？」

三十代前半の男性だった。気が弱そうで、あんな犯行をするようには思えない見た目をしている。

人は見かけによらないって、本当だわ……。

「準備は整っている？」

「出航まで、あと一時間ほどかかるそうです……遅くなってしまい、申し訳ございません」

え、出航……って、船？　どういうこと？

「ああ、いいのよ。この女が歩いているのを見てから用意をさせたんだもの。あなたはよくやってくれているわ」

「ああ、お嬢様……なんと慈悲深い」

ヘレナが少しだけドレスを上げ、スッと足先を出すと、ポールは靴のつま先にチュッとキスをした。

どうやら彼女に心酔しているようだ。

「ありがたき幸せ……」

「じゃあ、一時間後にお願いね」

「かしこまりました。……でも、バレずになんて本当にできるでしょうか……」

ヘレナがあからさまに面倒くさそうな表情をする。

「……はあ、それにしても海が近いから、身体がベタベタするわね。特に胸の間とか……」

ドレスの胸元を引っ張ると、谷間が露わになる。ポールは血走った目でそこに注目するので、引いてしまう。

う、うわぁ～……食いつきすぎでしょ……。

クラーラも「うげぇ」という顔をしていた。

「今すぐ入浴するのは無理として、拭くぐらいはしたいわね。ポール、すべてが終わったら、拭くのを手伝ってくれる？」

「か……っ……かしこまりましたぁ……！」

ポールが前かがみになるのを、私とクラーラは冷めた目で見ていた。

「……あ、の……別の方法って、なんですか……？」

怖いから知りたくない。でも、知らないのも怖い。恐る恐る尋ねると、クラーラとヘレナがクスッと笑う。

「殺すのは面倒だから、外国に売り飛ばすことにしたわ」

クラーラが純真な笑みで、邪悪なことを言い放った。

「な……っ」

目の前が真っ暗になる。

…………ハッ！　意識を失っている場合じゃないわ。外国に売り飛ばす⁉　冗談じゃないわよ！

「あんた、モブのくせに見た目はいいから、処女じゃなくても高く売れるんじゃない？　よかったわね」

ヘレナが楽しそうに笑う。

さすが悪役令嬢、悪い言葉が似合い過ぎる。

「モブから、どこかの変態金持ち貴族の性奴隷にジョブチェンジよ。ゲームの流れ通り死んでおけばよかった〜って思うかもね。それとも、案外性奴隷にハマっちゃったりして？　ていうか、胸デカすぎじゃない？」

クラーラは笑いながら私の胸を突く。

こっちは、本当に悪い言葉が似合わないわ。

というか、冗談じゃない。早く逃げないと、とんでもないことになる。でも、手足は縛られているし、どうすれば……。

ドクン、ドクンと心臓が嫌な音を立てて脈打つ。

ああ、焦るばかりで、何のアイディアも出てこない……！　ダーフィト、助けて……！

「ふふ、怖くて何も言えないみたい」

クラーラがクスクス笑う。

「騒がれると面倒だし、一応口塞いでおいてくれる？」

「かしこまりました」

ヘレナに言われ、ポールが近付いてきた。

「えっ！　嫌……やめ……っ……んんっ！」

頭を左右に振って抵抗したけれど、逃れられず呆気なく口を覆われてしまった。声まで奪われたら、もう完全にお手上げだ。

本当に私、このまま外国に売られるの？

絶望して泣きそうになったその時、扉が勢いよく開いた。……というか、吹っ飛んだ。

「ベアトリス！　ここか⁉」

現れたのは、ダーフィトだった。

ダーフィト⁉　嘘……！　まさか、本当に来てくれるなんて……！

するとポールが私を強引に立たせ、首元にナイフを突きつけてきた。

「んん……っ！」

「近付くな！　こちらに来たら、妻の命はないと思え」

「ベアトリス……！」

少しでも動いたら、刃が首に食い込みそうだ。

「き、きゃあああ！　私たち、この男に攫われて……」

「ガイスト大公、助けてください……！」

クラーラとヘレナが怯えた表情を作り、ダーフィトに駆け寄る。

え、えええええっ⁉

まさかの被害者側に回ろう作戦⁉　いや、バレるでしょ！　私が話せば……あ、そっか。

二人の企みに気が付いて、ゾッと血の気が引く。

私が話せなければいい。

死人に口なし――私がこの男に殺されたら、事実を知る者は誰も居なくなる。

どうしよう。そんなの嫌……。

恐怖で膝が震えて、今にも座り込んでしまいそう。

でも、首元にはナイフが当てられている。座ってしまえば、自ら首に刃を食い込ませる最悪の未来になる。

絶対座っちゃ駄目……！

突然一人だけ悪者にされたポールは、ダーフィトが現れたことには驚いているようだったけれど、ヘレナとクラーラに裏切られたことには動揺していない様子だ。

多分、事前にこういうアクシデントについての打ち合わせをしていたのだろう。

「誰一人として動くな」

ダーフィトの冷たい声に、彼にしがみつこうとしていたクラーラとヘレナが足を止める。

「え……?」

「私たちも?」

「そうだ。そこの男も含め、全員俺が誰だかわかっているな? 俺は代々魔女の呪いを受けていたガイスト大公家の当主だ」

「え、ええ、存じ上げております……」

クラーラが先に答える。

「呪いが解けて、よかったですわ」

続いてヘレナが答え、ポールが頷く。皆、なぜ、こんな時に呪いの話を? という顔をしている。

もちろん、私も含めてだ。

「ああ、確かに解けた。だが、魔女の呪いが復活した」

え……っ!?

「まさか、そんなわけ……」

「ありえないわ……」

クラーラとヘレナが狼狽し始める。

「俺もそう信じたいが、実際にここへ来るまでに三人殺めてしまった。どうやら一度解けた分、前よりも呪いが強くなっているようだな」

ダーフィトが苦笑いを浮かべる。

「そんなの、ありえないわ……」

「でも、死ぬはずのモブが生きていたんだもの。イレギュラーが起きても、おかしくないんじゃない？」

「……っ……た、たしかに……」

クラーラとヘレナがヒソヒソ話すが、静かな部屋の中では、いくら声を潜めようとも周りに筒抜けだ。

「モブ？　なんのことだ？　信じられないのなら、確かめてみるか？」

ダーフィトがクラーラとヘレナに手を伸ばす。

「ひっ……」

「い、嫌……っ！」

さすが前世では姉妹だ。同じタイミングで腰を抜かし、その場にへたり込む。

「な……っ……この化け物！　ヘレナお嬢様に触るな！」

ポールが私を押しのけ、ダーフィトの元へ向かっていく。

「かかったな」

ダーフィトは襲い掛かってきたポールのナイフを剣で弾き飛ばし、勢いよくお腹に拳をめり込ませた。

「ぐぁ……っ！　ぐ……ゲホゲホッ……！」

ポールはその場に崩れ落ち、胃の中のものを全部吐き出すと気を失った。

「殺してやりたいが、尋問があるからな。これぐらいにしておいてやろう。そこの二人も動いたらどうなるかわかっているな？　……と、言うまでもないか」

クラーラは失神し、ヘレナはガクガク震えて腰が抜けたまま動けずにいた。

「どうやらその男は、ヘレナ嬢と関係があるようだな？」

「ち、違……私は、この男と関係なんてない……私は無実よ……！」

「ヘレナお嬢様と言っていたじゃないか。屋敷の使用人か？」

「……っ……し、知りません……！　ストーカー……そう、この男は、私のストーカーよ！」

「すとーかーとは、なんだ？」

動揺しすぎて、この国では通じない言葉を使っているわ。

「ストーカーは……その、付きまとい……そうよ、私に付きまとっ……」

「ガイスト大公、こちらにいらっしゃいましたか！」

「奥様！　ご無事でよかった……！」

ガイスト大公家の警備兵たちが入ってきて、ヘレナの言葉をかき消した。ダーフィトは気にすることなく、警備兵に指示を出す。

「三人を捕縛し、王城の警備兵に引き渡しておけ」

「かしこまりました」

「そ、そんな……っ！　ダーフィト様、どうかお許しください！　私は無実です！　ねえ！」

警備兵が三人を連れて行く準備をする中、ダーフィトが私の元へやってくる。

「ベアトリス、大丈夫か？　怪我(けが)はないか？　どこか痛いところは？」

ダーフィトはすぐに口を覆っていた布を外してくれた。

「ダーフィト、まさか、来てくれるなんて思わなかったです……わ、私、もう、本当に駄目だと思って……」

ダーフィトの顔を見ていると、涙がボロボロこぼれる。

「怖い思いをしたな。もう大丈夫だ。縄を切るから、動かないようにしてくれ」

後ろ手と足を縛っていた縄を切ってもらい、私はようやく自由を取り戻した。

「ダーフィト……！」

私はダーフィトに強く抱きついた。彼は剣を捨て、私をギュッと抱き返してくれる。

「キミが無事でよかった……」

ダーフィトの声は震えていた。その声を聞くと、また新しい涙が溢（あふ）れる。

「キミを失ったらと想像したら、その場で自害したくなった。もし、キミに何かあったら、実際にそうしていた」

「心配をかけてごめんなさい……」

「無事ならいいんだ。というか、呪いが復活したと言った男に抱きつくなんて、危ないだろう。不幸な目にあったらどうするんだ」

「ダーフィトに抱きつけない方が不幸です。呪いなんて関係ありません」

「ベアトリス……キミって人は、本当に、もう……」

もう、本当に駄目かと思った。また、こうしてダーフィトに抱きつけるなんて、抱きしめてもらえるなんて思わなかった。

「でも、せっかく解けた呪いが、また復活したなんて……」

「気付いていないのか？　あれは嘘だ」

「えっ！　嘘なんですか？」

「あの男がこの赤毛の女をチラチラ見ていたから、絶対に仲間だと思った。こちらから危害を加えようとしたら、尻尾を出すと思ったんだ」

「すごい、その通りです。でも、よかった……ダーフィトに呪いが戻らなくて」

「キミという幸運の女神がついているんだ。俺はもう呪われない」

ダーフィトは柔らかく微笑むと、私の唇に優しいキスを落としてくれた。人前だけど、関係ない。

私は目を瞑（つぶ）って、彼のキスを受け入れ続ける。

そうしている間にクラーラとヘレナとポールは縄で縛られ、連れて行かれた。

クラーラは気を失ったまま、ヘレナは「私は悪くない！　悪いのは全部クラーラよ！」と叫んでいた。

前世では妹だったのに、妹に罪を擦り付けようとするのがすごい。もちろん、悪い意味で……。

「俺たちも帰ろう」

「ええ」

ダーフィトは私を横抱きにすると、馬車へ向かって歩き出す。

自分で歩けると言おうとしたところで、自分が靴を履いていないことに気付いた。どうやら攫われる時に落としたらしい。

ダーフィトの香りがして、ぬくもりが伝わってくると、安心して眠くなってくる。さっき嗅がされた薬も残っているのかもしれない。

「ちょっと、眠くなってきちゃいました……」

「ああ、少し眠るといい。俺が居るから、安心してくれ」

「ええ、ありがとう」

私はダーフィトの胸に顔をくっ付け、安心して目を瞑った。

屋敷に戻ると、もう夜になっていた。

「奥様～～……！」

「モニカ、心配かけてごめんね」

「私が……っ……私が奥様と離れなければ、こんなことにならずに済んだのに……っ！　お怪我はございませんか⁉　うっ……うぅ……っ」

「モニカ、泣かないで。私は大丈夫よ」

泣きすぎて瞼がパンパンに腫れあがったモニカが出迎えてくれた。そして念のためにと主治医が呼ばれていて、すぐに診てくれた。

乱暴に運ばれたみたいで、肌が出ていた場所に少し擦り傷ができていただけで、他には問題ないようだった。

モニカは一つも悪くないのに、ずっと謝っていたから心苦しかった。悪いのはクラーラたちよ。いや、警戒心がなかった私も悪かったかもしれない。

軽く食事と入浴を済ませ、いつものように夫婦の寝室に入った。

まだ、ダーフィトの姿はない。私を送り届けた後、クラーラたちのことを説明するため王城へ向かったのだ。

ダーフィトのために買ったプレゼントは、路地裏に落ちていたのをモニカが拾ってくれていた。包装紙は少し汚れたけれど、中身は無事だ。

部屋に置いてくるのを忘れて、つい持ってきてしまった。

また、ここに帰って来られてよかった……。

ダーフィトの誕生日を祝えることが、とても嬉しい。

きっと、なぜ街に出たか聞かれるはずだ。

誤魔化したらデリケートなダーフィトに疑心を抱かせて、苦しめてしまうだろうから、その時にはこのプレゼントを見せて事情を話そう。

サプライズで渡したかったけれど、仕方がない。

プレゼントをギュッと抱きしめ、枕の下に隠す。

時計の針がどんどん進んでいく。でも、ダーフィトが帰ってくる様子はない。

ダーフィト、大丈夫かしら。

こうしてベッドにいると、眠気がやってくる。

ダメダメダメダメ！

私のために頑張ってくれているダーフィトを置いて寝るとか、ありえないでしょっ！

眠気覚ましに、書庫へ行ってみようかな。いつもは恋愛小説ばかりだけど、別のジャンルを見たら脳も刺激されて目が覚めるかも。

ショールを羽織って、地下にある書庫へ入った。

さて、何を読もうかしら。

恋愛小説が置いてある本棚を避け、奥へ行ってみる。すると綺麗に並んでいる本の中に、ボロボロの一冊の本が無造作に差し込まれているのを発見した。

え、何この本……。

タイトルがない。ボロボロすぎて擦り切れてしまったのだろうか。

妙に惹(ひ)かれて手に取ると、表紙にもタイトルは乗っていない。よく見ると、本というよりは、ノート？

もしかして、ガイスト大公家のご先祖様の日記帳だったりとか？

えーっ！　どうしよう。ワクワクしてきちゃった！

もちろん、見ないという選択肢はなかった。

テーブルに持ってきて、一ページ目をめくる。

『テオと結婚した大切なこの日に、今日から日記を書いてみることにした。毎日は無理だけど、頑張ってみようと思う。テオとの大切な日をたくさん書きとめておきたいから！』

きゃ――っ！　これは、ラブラブ日記の予感！　でも、テオなんて人、居たかしら？　一応結婚する前に、ガイスト大公家のことは勉強したけど記憶にないわ。

『テオってば、本当に可愛い人。大きな身体で私のために花冠を作ってくれるんですもの。その冠を乗せて、「キミは世界で一番美しい僕の女神だよ」なんて言ってくれるの。もう、私、どうしていいかわからないわ』

見てるこちらも、どうしていいかわからなくなる。はあ……この夫婦、尊いわ……。

『今日は生まれてきて一番幸せな日だった。なんと、テオと私に赤ちゃんができたの！　嬉しい……私は魔女だから、人間との間に子供ができるのか不安だった。でも、できたのよ！　男の子かしら？

女の子かしら？　ううん、元気ならどっちでもいい。世界で一番幸せにしてみせるわ！』

……………魔女？　え？　これって、もしかして、もしかしなくても、魔女ビアンカの日記⁉　なんでガイスト大公家にあるの⁉

日記は魔女と夫のテオ、そして子供のマルクとの幸せな生活が綴られていた。彼女が幸せそうであるほどに、胸が苦しくなる。

この幸せは、初代ガイスト大公の手によって、粉々に壊されてしまうから――。

過去、クレマチス大国は、魔女たちに攻め入られ、滅ぼされそうになっていた。

初代ガイスト大公が率いる軍がそれを制し、残された魔女たちも処刑されたが、唯一生きのこっていた魔女がビアンカだ。

身を潜めて生き、愛する人と結ばれて子供をもうけて幸せに過ごしていたが、それは突然終わりを告げる。

『テオとマルクが死んだ。殺された。私が街の人間の怪我を治すために魔法を使ってしまったせいで魔女だということが知られ、たくさんの魔女たちを殺したガイスト大公が家に来た。私が留守だったせいで、テオとマルクが殺された。テオは魔女と通じた罪で、マルクは魔女の子供だからと、私のせいで二人が殺された。私は何もしていない。国を攻めようとした魔女たちとは違って、私は静かに暮らしていただけ。それなのに追われ、幸せを壊された。絶対に許さない。二人の命を奪ったことを後悔させてやる。殺すのは簡単だ。一瞬でなんて終わらせてやらない。一族に永遠の苦しみを与えてやる』

ここからは、ガイスト大公家に呪いをかけ、一族が苦しんでいる姿を楽しんでいること、そして夫と子供のことを思い出し、苦しんでいること、そして残りの寿命を一人で生きなければいけないのが辛いと、涙の痕と共に長きにわたって書き綴られていた。

読んでいるこちらも辛くなるので読み飛ばし、最後の方のページに移動する。

『魔女の寿命は千年と言われているけれど、どうやら私は四百歳で死ねるみたい。心臓の病を患った。よかった。これで死ねる。自殺は地獄へ行くと教えられてきた。地獄に落とされたら、天国のテオとマルクに会えないもの』

心臓の病だったのね。死ねるのが、本当に嬉しそう。

『私は本当に天国に行けるのかしら。ガイスト大公家に呪いをかけ続けてきた。初代大公はともかく、彼の血を受け継いだ何の罪もない子供たちにも……みんな苦しんでいた。自分で命を絶った者もいたわ。私を恨んでいた。私はこのままでいいの？　私の呪いは、死後も続く。でも、呪い続けていいのだろうか。わからない』

ああ、迷い始めているわ。

『テオとマルクの夢を見た。ガイスト大公家を呪い続けても、自分たちは生き返れないし、嬉しくない。このままだと私は地獄に行ってしまうって。ガイスト大公家に呪いをかけ続けた罪は消せないけど、今呪いをかけているダーフィトは解放してあげられる。私が死ぬと同時に、彼の呪いを解いてあげよう。それがせめてもの罪滅ぼしよ。だから神様、どうか私を地獄に落とさないでください。テオとマルクにどうか会えますように』


それが、最後のページだった。

なるほど、天国に行きたいから、ダーフィトの呪いを解いたのね。

パタンと閉じると同時に、日記帳は灰になり、風もないのにどこかへ飛んでいってしまった。

人に見られたら、消える魔法でもかかっていたのかしら。ううん、それなら手に取った瞬間にそうなるはずよ。

それにここに置いてあるのもおかしい。

もしかしたら、ガイスト大公家の者に罪を告白したかったのかしら。

でも、このことはダーフィトに話しても、複雑な気持ちになるだろうな。私の心の中だけにとどめておいた方がいいかも。

「ビアンカ、どうか安らかに……」

席を立つと同時に、モニカがやってきた。

「奥様、旦那様がお帰りになりました。ただいまご入浴されております」

「わかったわ。モニカ、遅くまでお疲れ様、もう休んでいいわよ」

夫婦の寝室に戻って間もなく、ダーフィトが入って来た。

「ダーフィト、お帰りなさい」

ベッドから降りて、ダーフィトの元へ向かう。

「ベアトリス、ただいま」

彼が手を広げるので、私はギュッと抱きついた。急いで入浴してきたようで、髪はまだ少し濡れている。

「随分冷えているな?」

「地下の書庫に居たからかもしれないです。でも、大丈夫ですよ。あなたはよく温まりましたか？」

「ああ、温まったから、キミのことも温めてやろう」

ダーフィトの腕に、力が入る。

温かくて、いい匂い……。

「ベアトリス、身体に擦り傷が付いていたそうだな」

使用人たちから報告を受けたらしい。

「こんなのすぐに治るので大丈夫です」

「全員の爪を剝いでくればよかった」

「こ、怖いことを言わないでください」

ダーフィトと手を繫いでベッドに向かい、腰を下ろす。

「ダーフィト、どうしてあの場所がわかったんですか？」

私が捕らえられていたのは、王都近くの港にある小屋だった。

漁師が使う小屋で、ボロボロになったので建て替えが決まり、立ち入り禁止になっていた場所だそうだ。

あんな所に居たのが、どうしてダーフィトにはわかったのだろう。

「港はガイスト大公家が警備を請け負っているんだ。不審な船や馬車、人間の出入りがあれば、すぐ大公家に知らせがくるようになっている」

「あ……そういえば、そうでしたね」

「キミのことを探していた時、俺の元には三つの知らせが来ていた。一つ目は港に入って来た質素な馬車に貴族令嬢が三人乗っていて、一人は眠っているというよりも気を失っているということ。その令嬢はプラチナブロンドだということ。ここで、もうキミだろうと思っていた。この国ではプラチナブロンドは珍しいからな」

珍しい髪色で助かったわ……。

「二つ目は取り壊し予定で、立ち入り禁止の漁師小屋に入っていったということ。三つ目は出港許可一覧表にない船が港にあり、なぜか出港許可証を持っているということ。ちなみにそれは、先ほど偽造されたものだとわかった」

「私のこと、外国に奴隷として売り飛ばすって言っていました……」

「ああ、人身売買の業者だったそうだ」

もし、私の髪色が一般的なものだったら、港がガイスト大公家の管轄じゃなかったら、私は多分誰も気付かれず、売り飛ばされていたかもしれない。

ゾッとして、思わず身体を抱える。

「あの二人はダーフィトが好きで、私がいなくなれば、あなたを手に入れられると思っていたみたいです」

「グロール伯爵家の女はそうだと思っていたが、オジアンダー侯爵家の女もか。愚かな女たちだな。大公家を手に入れようとして、すべてを失うとは」

いいえ、大公家目当てじゃなくて、魅力的なあなた目当てですよ。

……とは、言えない。ネガティブだから、自分のせいで私が危ない目にあったって気にしちゃいそうだもの。

「そうですね。大公家の莫大な財産が目当てだったのでしょう」

自分のせいだと思われないように、強調しておこう。

「俺がガイスト大公じゃなければ、キミをこんな目に遭わせることがなかったのに……ベアトリス、すまない……」

あぁっと！　十分に気を付けていたはずのに、ネガティブスイッチが入っちゃった！

「いいえ、ダーフィトは、少しも悪くないです。悪いのはお祭りの日に出かけて、モニカとはぐれた私です」

私はダーフィトにギュッと抱きつき、少しあざとさを感じながらも胸を押し付ける。強張った表情が、やや和らぐのがわかった。

「ところで、今日はどうして出かけたんだ？　普段は出かけるのが億劫だと言っていたのに……祭りを見て回りたかったのか？」

「いいえ、お祭りなのは街に出てから知ったんです。私のお目当ては、これです」

私は枕の下から、カフスボタンの入った箱を取り出してダーフィトに渡した。

「これは？」

「来週、あなたの誕生日でしょう？　とっておきのプレゼントを渡したくて、探しに行っていたんです」

「俺の……」

「ええ、本当は内緒にして驚かせたかったんだけど、それは来年にしますね」

ダーフィトは目を丸くし、私とプレゼントを見比べている。まるで、初めてプレゼントを貰ったみたいな反応だ。

「呪われた俺の誕生日なんて、不吉で、祝われるものなんかじゃないのに……」

「もう呪いは解けているじゃないですか。それに生まれなかったら、私たちこうして出会えませんでした。一週間早いけれど、ダーフィト、誕生日おめでとうございます」

「あ、ありがとう……開けてもいいのか？」

「もちろんです。でも、攫われた時に、包装紙が汚れちゃったから剥がしちゃったんです。だから、綺麗に包装していなくて……ごめんなさい」

「そんなのは、全然構わないんだ」

ダーフィトはおずおずと箱を開けた。

「エメラルドのカフスボタン……」

「そうです。私の目と同じ色だなーと思って。これを付けたら、いつでも一緒にいられるような気分になるかな？　なんて！」

なんか、照れてきちゃった。顔が熱い。

ダーフィトの青い目には、涙が浮かんでいた。

「ダ、ダーフィト……⁉　どうしたんですか？」

「誕生日に、プレゼントを貰ったのは初めてだ……しかも、一番大切な人から……」

「そんなことないでしょう？　今までもたくさん貰ってきたはずですよ」

「ああ、形だけの物はたくさん貰ってきた。でも、心が籠っているものは、初めてだ。ベアトリス、ありがとう。一生大切にする」

まさか、こんなに喜んでくれるなんて思わなかった。

私はダーフィトの涙を指ですくい、瞼にチュッとキスする。

「喜んでくれて、嬉しいです」

「すごく嬉しい。俺が死んだら、棺桶（かんおけ）に入れてほしい」

「ちょっと、先に死のうとするのはやめてくださいっ！　というか、死んだ時の話なんて縁起でもないですよ！　私たちはこれからうんと長生きするんですから！　子供を産んで、孫を見て、ひ孫も見ましょう」

「ああ、そうだな」

ダーフィトはカフスボタンをサイドテーブルに置き、私を抱き寄せると、唇を重ねてきた。深くて、優しくて、とても甘い。

「ん……ふ……んん……」

ダーフィトの手が胸に触れた……けど、離れていった。

え、どうして？

「……と、怪我をしているのに、すまない。今日は自重しないといけないな」

「擦り傷だけだから大丈夫ですよ。……むしろ、自重したら悲しいです」

今日は怖い目にあったし、一日の最後を良い出来事で終えたい。そうじゃないと、とんでもない悪夢を見てしまいそうだ。

「怖い思いをしたし、ダーフィトに優しく触ってもらわないと眠れないです」

私はガウンを脱ぐと、ダーフィトの手を操って、胸に押し当てた。

大胆すぎる……かしら？

ダーフィトの頬が、赤く染まる。私の胸なんて何度も触っているのに、初めて触るような反応が可愛くて堪らない。

「キミが大丈夫なら、抱きたい……うんと優しくする」

「ふふ、お願いします」

私はダーフィトのシャツのボタンを外し、ダーフィトは私のナイトドレスを脱がせてくれる。生まれたままの姿になった私たちは、キスをしながらお互いの肌の感触を楽しんだ。

「キミの肌は、スベスベで触っていて心地いい……」

「ダーフィトもスベスベです。私も触るの好きです」

「ん……っ……くすぐったい、な？」

「ふふ、くすぐったがりなんですね」

やがてダーフィトの手が、私の胸を包み込んだ。指が食い込むたびに、甘いため息が零れる。胸の先端は色付き、ツンと尖っていた。

「ぁ……は……んん……」

そういえば、ダーフィトの欲望を手でしたことはあったけれど、他に触れたことはなかった。

私はダーフィトの胸に手を伸ばし、胸の先端をなぞってみることにする。

「んぁ……っ⁉　な……んだ？」

ダーフィトはビクリとし、聞いたことがない変な声を出した。

「私はダーフィトにここを触られると感じるんですが、ダーフィトは、ここ……感じるのかな？　と思いまして……ふふっ……今の声……あはっ！」

思わず笑ってしまうと、ダーフィトが顔を赤くする。耳まで赤い。

「キ、キミが……いきなり触るから……」

「ごめんなさい。でも、可愛いです。どうですか？　感じますか？」

胸の先端を指で撫でていると、プクリと膨らんだ。

「ん……っ……くすぐったい……な……」

「くすぐったいだけですか？」

「………その向こうに、なんだか別の何かがあるような……」

あれ、感じてる？

さらに攻めようとしたら、ダーフィトが私の胸の先端を弄り始めた。

「ぁ……っ……ダーフィト、待ってください……や……んんっ」

「俺も触りたい……」

指で弾くように撫でられると、甘い刺激がやってくる。

「んん……ぁんっ……ぁっ……ぁっ……」

手が止まりそうになる。でも、ダーフィトが感じている姿も見たいので、私は必死に指を動かし続けた。

「ん……く……べ、ベアトリス……そこを弄られるのは……ぁ……くっ……みょ、妙な気分になるんだが……」

ビクビク身悶(みもだ)えしながら、私の与える刺激に戸惑うダーフィトを見ていると、ゾクゾクしてしまう。

可愛い……。

目線を落とすと、もうダーフィトの欲望は大きく反り立っていた。

「ふふ、もっと、そういう気分になってください」

調子に乗ってさらに弄り続けようとしたら、ダーフィトに押し倒された。

「きゃっ」

「悪戯(いたずら)はそこまでだ」

頬を染めたダーフィトは、私の胸の先端を舌で可愛がり始めた。舌先でキャンディのように転がされ、甘い刺激が襲ってくる。

「ぁんっ！　悪戯じゃ……ありません……私は、ダーフィトにも……んっ……気持ちよくなって……ほしかっただけで……やんっ……！」

もっと、ダーフィトの胸を可愛がりたいのに、手が届かない。

「キミは今日、大変な目に遭ったんだ。俺を気持ちよくさせることよりも、キミに気持ちよくなってほしい」

ダーフィトは私の胸の先端を舐めながら、割れ目へと指を滑らせる。もうそこは濡れていて、指を動かされるたびに、クチュクチュ淫らな水音が聞こえてくる。

「こっちも、たくさん気持ちよくしたい」

「ぁ……っ」

胸の先端をたっぷりと可愛がった後、ダーフィトは私の足の間に移動し、割れ目の間を舌でなぞり始めた。

「ん……ぁ……っ……は……んんっ……ぁ……っ……あぁ……っ」

「ああ……どんどん溢れてきた……呑(の)みきれないぐらいだ……」

ダーフィトは舌を丸めて、ヌプヌプと膣口に出し入れを繰り返し、指で敏感な蕾(つぼみ)を撫で転がして、中と外の両方を刺激してくる。

「や……んんっ……そこ、舌……入れちゃ……あっ……あぁっ……」

足元からゾクゾクと何かが勢いよくせり上がってきて、私は背中を弓のようにしならせ、絶頂に達した。

「もっと、気持ちよくなってくれ……ベアトリス……」

一度達しても、ダーフィトは私を可愛がるのをやめなかった。

「あっ！　や……っ……い、今……だめ……っ……イッてるの、に……っ……ぁんっ……あぁんっ！　や……だめぇ……っ」

達している最中の敏感な蕾を吸われ、瞼の裏に快感の火花がチカチカ飛ぶ。

私は何度も快感の頂点へ押し上げられた。三度目までは数えていたけれど、そこからは何度達したのかわからなくなった。

もう、何も考えられない。気持ちいいことしか、考えられない。

ダーフィトの長い舌でも届かない一番奥が、激しく疼いていた。早くダーフィトの欲望で満たしてほしくて堪らない。

ダーフィトは身体を起こすと、私のとろけた膣口に硬くなった欲望を宛がった。

「……っ……ぁ……」

これから受ける快感を想像し、お腹の奥がキュンと疼く。

早く……早くダーフィトが欲しい――。

「ダーフィト……好きです……」

ギュッと抱きつくと、ダーフィトの瞳が揺れる。

「ベアトリス……俺は……」

「ん……なんですか？」

「……実は、キミがいなくなったのがわかった時、俺が嫌になって家出してしまったんじゃないかと思ってしまった……」

「えっ…………はぁ？　何を言っているんですか。そんなわけないでしょう？」

「そうだな。すまない……」

まさか、そんなことを考えていたなんて。

自信が持てないのね。それなら――。

「もうそんなことを二度と考えないように、私がダーフィトをどれくらい愛しているか、教えてあげないといけませんね」

「え？　それはどういう……あっ」

私は身体を起こし、ダーフィトを押し倒した。

「べ、ベアトリス……？」

男性の力には勝てない。でも、油断していたダーフィトは、私の力でも簡単に押し倒すことができた。

「今から教えてあげます。抵抗してはいけませんよ？」

「わ、わかった……」

ダーフィトは頬を染め、頷く。

何度もイキすぎて、身体を動かすのが辛いぐらい怠い。でも、ここで黙って抱かれているわけにはいかないでしょう。

私は腰を浮かして、自らダーフィトの欲望を膣口に宛がう。

「んっ……ダーフィト、愛していますよ……ぁ……っ」

滑ってしまわないように欲望を握って支え、ゆっくり腰を落としていくと、ヌププと欲望が私の中に埋まっていく。

「ぁ……っ……ベアトリス……」

ど、どうしよう。気持ちよすぎて、力が……抜ける……。

膝と手で体重を支えていたけれど、欲望を呑み込んでいくたびに甘い快感が走って、一気に腰を落としてしまう。

「ひぁん……っ！」

「……っ……く……」

一気に奥まで呑み込んでしまい、頭の中が真っ白になった。

気持ちよすぎて、動くのが辛い。でも、ダーフィトに愛を伝えるために！　自信を持ってもらうために！　頑張れ私……！

私は膝と手に力を入れ、腰を動かし始めた。

「ん……っ……ぁ……っ……は……んんっ……ぁっ……ぁっ……」

腰を動かすたびに快感が襲い掛かってきて、力が抜けて動けなくなってしまいそうになる。でも、ダーフィトの気持ちよさそうな顔を見ていたら、気合いで頑張れた。

「ダーフィト……気持ち……ぃ……っ……ですか……？」

「ああ……気持ちよすぎて……おかしくなりそうだ……動くたびに、キミの大きな胸が揺れて……すごく、興奮する……」

ダーフィトが恍惚とした表情で、私を見上げている。その表情を見ているとゾクゾクして、興奮が高まっていくのを感じる。

ふと、ダーフィトの胸に目がいく。

胸の先端は、先ほどと同じくツンと尖っていた。彼はよく私の尖りを可愛がりながら動いてくれていて、それがとても気持ちいい。

さっき触ったら結構反応してくれたし、感じてくれるかも？

体重を支えているから、両手を使うのは無理だ。

片手だけをダーフィトの胸の先端に伸ばす。

指先でそっとなでると、彼はビクッと身体を震わせた。

「ぁ……っ……!? ベアトリス……な、何を……」

「ここも……一緒に触ったら……んっ……気持ちよくなれるかなって……はぁ……んんっ……どう、

ですか？　気持ち……ぃ……っ……ですか？」

「ん……ぁ……っ……お、おかしな……気持ちに……ぁっ……んく……っ」

ダーフィトは、少し高い声を出した。

私は可愛いと思うのだけど、彼は恥ずかしかったらしい。赤い顔をして口を手で押さえた。そんな仕草も、ゾクゾクする。

「おかしな気持ち……になるの……んっ……わかります……私も、ダーフィトに触れられると、おかしな気持ちに……なっちゃいます……んっ……から……」

私はダーフィトの胸の先端を撫でながら、腰を動かし続ける。

「ダーフィト……声を……んっ……聞かせてください……私、下手ですか？　ぁ……んんっ……」

ダーフィトは首を左右に振って、戸惑いながらも手から口を離す。

「下手などでは……ない……ベアトリ……ス……ん……っ……こ、こんな……ぁ……くっ……ん……ぁ……くっ……」

ダーフィトが恥ずかしがるのを見ていると、ますます興奮してしまう。

「動くの……大変……んっ……です……ぁっ……ぁっ……それに……んっ……恥ずかし……ぃ……です……は……んんっ……でも……頑張っているのは……んっ……どうしてなのか、わかりますよね？　私の想い、ちゃんと伝わって……いますか？」

「……っ……はぁ……ああ、伝わって……いる……伝わっているが……聞きたい……はぁ……教えてくれ……ベアトリス……」

「愛していますよ。ダーフィト……あなたに自信がなくなったら、私が何度でもこうして教えてあげます……」

するとダーフィトが、下から突き上げて来た。

「ひぁ……っ!? ぁ……っ……や……んんっ……ダ、ダーフィト……？ こ、こんなこと……されたら、動けなくなっちゃ……ぁっ……ぁんっ！ あぁんっ！」

「愛してる……ベアトリス……愛している……もう……黙っているなんて、無理だ……俺の気持ちも、知ってほしい……受け止めてくれ……」

「あぁんっ！ や……激し……ぁっぁっ……ひんっ……ぁっ……あぁっ……や……ダーフィト、だめぇ……っ！」

身体を起こしていることができず、私はダーフィトの上に崩れた。彼は私をギュッと抱きしめ、激しく下から突き上げ続ける。

「ぁんっ！ ぁっ……ぁっ……あぁんっ……ぁっ……ぁっ……気持ち……ぃっ……ぁんっ……あぁんっ！ は……んんっ……」

もう、こうなったら快感を受け止めることしかできない。私は自分で動くのを諦め、ダーフィトに身を任せた。

　絶頂が足元からゾクゾクせり上がってきて、膣道が強い収縮を始める。

「ぁんっ！　あぁ……っ……ダーフィト、わ、私……もう、イッちゃ……います……っ……ぁっ……ぁっ……」

「俺もだ……ベアトリス、一緒に……」

「は、い……んっ……んぅ……っ……ぁんっ……ぁっ……あぁぁぁ……！」

　私が絶頂に達すると同時に、ダーフィトも私の一番奥で熱い情熱を放った。彼の欲望がドクンドクンと激しく脈打ち、中が熱いので満たされていくのがわかる。

「ベアトリス……俺の気持ち……伝わった……か？」

　ダーフィトは息を乱しながら、尋ねてくる。

「はい……たくさん伝わりました……」

　ダーフィトの唇にキスすると、彼が嬉しそうに笑う。

「キミの身体が辛くなければ、もう少し伝えたいんだが……いいか？」

　中に入ったままの彼の分身は、吐精しても硬さをしっかり保ったままだ。そして私も、奥がまだ疼いている。

「……大丈夫です……それに、私も、もう少し知りたいです……それに、伝えたい……なって……」

「ああ、教えてほしい……」

私とダーフィトは空が明るくなるまで求め合い、お互いの愛を伝えあった。

その日を境にダーフィトは自信を持ち、私に嫌われることを心配しなくなった。

なんて都合のいいオチはないけれど、長い間をかけて――本当に長い時間をかけて、その癖は直っていったということを報告しておこう。

エピローグ　幸せな日々

月日の流れは恐ろしいほどに早く、私とダーフィトが結婚して、なんと六年が経った。

「ボート遊び、楽しみだねっ！」

「お魚いるかなぁ」

「ああ、いるはずだ。一緒に探そう」

私とダーフィトの間には二人の子供が生まれた。一人目は女の子でアデリナ、五歳になったばかり。二人目はロルフ、三歳だ。

二人ともダーフィトの遺伝子を色濃く引き継いでいて、髪色から見た目までそっくり！　私の遺伝子が力を発揮したのは、目の色だけだった。

ダーフィトは私に全部似てほしかったというけれど、私はダーフィトに似た子が欲しかったので、すっごく満足している。

今日はダーフィトが休みを取れたので、王都近くの湖へ遊びに行く予定だ。シェフに作ってもらったお弁当を持って、ちょうど馬車に乗り込むところ。

馬車といえば、私を誘拐して、売り飛ばそうと計画したクラーラたちだけど……誘拐してから一か月後には、処遇が決まった。

まずは、ポール。彼はヘレナの屋敷のフットマンだったそうだ。自分を好いていたことに気付いたヘレナがそそのかし、犯行に手を貸したそうだ。

ポールは爵位がないため、貴族の誘拐と人身売買に手を貸した罪で、すぐに処刑された。ポールが手配した業者も同じく死罪。

クラーラとヘレナは貴族令嬢なので温情が与えられ、国外追放となった。現在は友好国の修道院で、国の監視下に置かれながら、ひっそりと暮らしているそうだ。

ちなみに彼女たちの生家は、娘の責任を取るために所有していた土地の一部を没収されている。

まさか悪役令嬢だけでなく、正ヒロインまで断罪されるなんて……。

「ベアトリス、どうした？」

「え？」

「何か考え事をしているようだが、何か悩んでいるのか？」

ダーフィトは鋭いわね。下手に悩んでいないなんて誤魔化すのはやめて、それっぽい理由を話しましょう。

「……ええ、実は、やっぱりモニカにキッシュも焼いてもらえばよかったわーと思っていたんです」

私の言葉に反応し、子供たちが騒ぎ出す。

「キッシュ、たべたーいっ！」

「キッチュ！」

「ロルフ、キッチュじゃないのよ。キッシュ」

「キッチュ？」

「違うわよ。もう、だめねっ」

子供たちのやり取りを見て、私とダーフィトは顔を見合わせて笑う。

ちなみにモニカは、まだ独身だ。

女性が一人で生きていくのは難しい世の中なのは、あの頃から変わっていない。でも、ダーフィトが、生涯守ってくれると約束してくれたから安心だ。

モニカはアデリナとロルフを実の子供のように可愛がってくれて、二人も懐いていた。大切な人たちと毎日平和に過ごすことができて、本当に幸せな日々を送っている。

「あんまり騒ぐと、湖に着くまでに疲れてしまうぞ？」

「大丈夫よ」

「つかれないっ」

「わたしは大丈夫だけど、ロルフは子供だから、疲れちゃうんじゃない？」

「ぼく、こどもじゃないもんっ！」

二人とも子供よ……なんて言ったら、騒ぎ出しそうだから何も言わないでおく。

ダーフィトも私と同じことを考えているのだろう。何か言いたそうだけど、口に出さずに私に目配せしてきたので、ウインクして返す。

すると、ダーフィトは胸を押さえた。

「え、どうしたんです？」

思わず尋ねると、ダーフィトが頬を染める。

「ウインクするキミがあまりに可愛くて、胸が苦しくなった」

「ふふ、もう、ダーフィトったら」

結婚して六年も経つし、子供も二人できたっていうのに、ダーフィトは相変わらず私ラブだ。

湖に着いた私たちはボート遊びを楽しみ、その後はお弁当を食べたり、湖の畔（あぜ）に咲いた花で遊んだり、ダーフィトと一緒に追いかけっこをして遊んだ。
帰りの馬車の中では二人とも疲れて、ロルフは私の膝枕で眠り、アデリナはダーフィトの膝を使っ

てぐっすり眠っている。

向かいに席は空いているけれど、私たちは同じ座席に四人で座っていた。

大人二人だと余裕な幅も、子供二人を追加すると結構狭い。でも、それでいい。くっ付いていていたいのだ。

「今日は楽しかったですね。二人も大喜びでした」

「ああ、そうだな」

私たちはそれぞれの子供の頭を撫で、子供たちを起こさないように小さな声で今日のことを話し、笑った。

「ダーフィトは疲れていませんか？　せっかく久しぶりに取れたお休みなのに、身体を休めなくて大丈夫でしたか？」

「俺は家族一緒に楽しく過ごせるのが、一番身体が休まる。それに心もな」

「ふふ、じゃあ、次のお休みも、どこかへ連れて行ってくれますか？」

「もちろんだ。……それにしても、キミは変わったな」

「え、どこがですか？」

「ああ、以前は部屋から出るのが面倒だと言っていたが、今は外出をとても楽しんでいるように見えるぞ」

「ふふ、一人ならやっぱり面倒ですよ。でも、あなたと子供たちが一緒だと、出掛けるのがとても楽しいです。四人での思い出を作れるのが、すごく嬉しい……」

「俺もだ」

ダーフィトが私の手をギュッと握って、指を絡めてくる。

「ねえ、ダーフィト、あなたは昔呪われていましたけれど、今は別の素敵な魔法がかかっているみたいですね」

「魔法？」

「ええ、私たち家族を幸せにしてくれる魔法です。だって、私たち、こんなに幸せなんですもの」

ダーフィトは目を丸くすると、嬉しそうに微笑んでくれた。

「ああ、その魔法をかけてくれたのは、キミだ。キミは可愛くて、美しくて、愛らしくて、優しい魔法使いだ」

唇を合わせると、幸せで胸がいっぱいになっていくのを感じた。

番外編　新婚旅行

「奥様、先ほど注文していた帽子が届きましたので、こちらも荷物に入れますね」

「あ、行く前に届いてよかったわ。ありがとう」

クラーラたちの一件が終えてしばらくしてからのこと、ダーフィトがいきなり新婚旅行に行きたいと言い出し、明日から一週間、南の国で旅行をすることになった。

現在クレマチス大国は、冬だ。寒さにうんざりしていた私は、誘われた時、二つ返事でＯＫした。

一週間と言わず、冬が終わるまであちらに居たいところだけど、そういうわけにはいかない。

まあ、私がお願いしたら、どんな無理をしてでも叶えてくれそうだから、口を滑らせないようにしないと……。

ということで、今は荷造り中というわけだ。私は確認するだけで、モニカがほとんど引き受けてくれている。

「それにしても、トランク十個は多すぎない？　持っていくドレス、少し減らさない？」

「無理です！　これでも減らした方なんです。必要最低限です」

「そ、そうなの？」

「そうです。一つも減らせません」

貴族って大変……。

一日に二度も着替えるのが、意味不明なのよね～……一度でいいじゃない。あ、寝る前にナイトドレスに着替えるのも入れたら、三回？　多すぎ！

まあ、着替えるたびにダーフィトが褒めてくれるのは嬉しいから、最近は面倒だと思いながらも、嫌ではないけれど……。

モニカがトランクに詰めてくれるのを見守っていると、部屋の扉をノックされた。

「どうぞ？」

尋ねてきたのは、使用人だった。

「奥様、アンデルス公爵夫妻がいらっしゃっております」

「え、お父様とお母様が？」

ベアトリスのことを道具としか思っていない父親と、言いなりの母親が一体何の用だって言うの？今まで手紙の一つも送ってきやしなかったじゃないの。まあ、私も送ってないけど。

「ゲストルームにお通ししておりますが、いかがなさいますか？」

「すぐに行くわ」

「かしこまりました」

モニカが付いて来ようとしてくれたけど、荷造りの方を任せた。

実の娘とはいえ、他家に嫁いでるんだから、アポなしっていうのはどうなの？　失礼じゃない？

内心面白くないけど、わざわざ訪ねてきた理由も気になる。ゲストルームの扉を開けると、父親に笑顔で迎えられた。

「ベアトリス！　息災だったか！」

「え、ええ……お父様もお母様もお元気そうで」

何？　やたらとご機嫌じゃない。どうしたのかしら。

「お前ときたら、手紙もよこさないから、どうしているか気になっていたんだ」

ベアトリスが幼い頃に渡した手紙を読まずに捨てていたくせに、よく言うわよ。

「ごめんなさい。何かと忙しくて」

喧嘩（けんか）するのも面倒なので、適当に言い訳をすることにした。

「ああ、そうだろうな。ガイスト大公と色々とパーティーに出かけているそうだな」

「え、ええ、まあ……」

「ガイスト大公は、お前に外出を禁止していたが、今ではそういった制限もなく、幸せそうに暮らしているそうじゃないか」

「そうですね。何不自由なく、暮らしています」

使用人が私の分の紅茶を出して下がると同時に、父の表情がやや険しくなった。

「ガイスト大公は外出中か？」

「ええ、王城へ行っています。お帰りになるのには、後二時間はかかるかと」

ダーフィトに会いたいのなら、アポを取りなさいよね。

「そうか。まあ、都合がいい」

え、都合がいい？　ダーフィトに聞かせたくない話をするってこと？

「ベアトリス、よくやった。あの気難しいガイスト大公を手懐ける(てなず)とは、並大抵のことではない。まさかお前にそんな才能があったとは驚いたぞ」

…………はぁ？

「手懐けただなんて、嫌な言い方をしないでください！　私はそんなつもりありません！　私とダーフィトは、愛し合っているだけです！　心外です！」

カッとなって、感情のままに叫んだ。

両親のポカンとした顔で、ハッと我に返る。

あ、愛し合っているって……本当だけど、なんて恥ずかしいことを言ってしまったの……！

でも、言ったことをなかったことにはできない。ここは、堂々とするしかないでしょう！

「べ、ベアトリス、お父様になんて態度なの！　謝りなさい！」

この人は、本当に旦那を怒らせないことに必死ね。

前世の記憶が蘇（よみがえ）るまでは、この人たちの一挙一動に落ち込んだり、喜んだりしたものだけど、今は違う。

前世の両親に愛されて育てられた記憶があるから、もう心を動かされない。

それに私には、ダーフィトがいる。だから、この人たちに愛されなくても……ううん、誰から愛されなくても平気。ただ、彼の愛があればそれでいい。

「謝りません。本当のことを言っただけです」

「ガイスト大公家に嫁いだから、調子に乗っているようだな。ベアトリス、お前は嫁いだとはいえ、アンデルス公爵家の娘だ。アンデルス公爵家の利益になるように動け」

「嫌です」

「何？」

父が眉間に皺（しわ）を寄せるのを見て、母が目に見えるほど慌てだす。

「ベアトリス、いい加減にしなさい！」

「いい加減にしてほしいのはこちらの方です！　ガイスト大公家には、造船業で失敗してできた借金を肩代わりしていただいています。これ以上、何を求めるつもりですか！」

「造船業にまた挑戦したいと思っている。そのための資金繰りをガイスト大公家に頼みたいのだ」

うわ〜〜……一度失敗してるのに、学習してないの？　というか、今日来たのは、それが狙いなのね。

「とんでもない借金を負うぐらい失敗しているのに、また……!?」

「あれは不運な事故だった。あの大雨がなければ、成功していたんだ！　造船業は私の長年の夢だ。諦めるわけにはいかない！」

その長年の夢とやらで、娘を売ったというわけね……ホンット最低だわ。

「ベアトリス、早くガイスト大公の子を孕め」

「え？」

何言ってんの？　この人……。

「男の気持ちなどすぐに変わる。だが、子を作れば、また話は別だ。お前は次期ガイスト大公を生んだ女となり、地位も上がる。そうすれば、今よりも色々と融通が利くようになる」

自分の利益のために娘を売るとか、子供を作れとか、本当に最低ね。

「ご自分の言っていることが恥ずかしいとはお思いにならないのですか？　アンデルス公爵」

もう、「お父様」とも呼びたくないわ。

「な……っ……父親を馬鹿にするつもりか!?」

アンデルス公爵が手を振り上げた瞬間、頬にくるであろう衝撃に身構えて目をギュッと瞑ると、扉が開く音が聞こえた。

「私の妻に何をしようとしたのですか？　アンデルス公爵」

目を開けると、ダーフィトが私の前に立っていた。

「ダーフィト……」

叩かれずに済んだ。でも、アンデルス公爵は終わったわね。

「ガイスト大公、お見苦しいところをお見せいたしました」

「何をしようとしていたか、聞いているのですが」

凍り付くような冷たい声に、アンデルス公爵がビクリと身体を引き攣らせる。

「娘のしつけをしようとしていただけです。不束者なため、ガイスト大公にもご苦労をかけているでしょう。申し訳ございません」

「しつけ？　不束者？　貴様は俺の妻を愚弄するのか？」

私からはダーフィトの背中しか見えない。でも、アンデルス公爵夫妻の怯えきった顔を見ていると、どんな表情をしているか想像がつく。

「ベアトリスはもう嫁いだ身だ。貴様の娘ではない。俺の妻であり、ガイスト大公夫人だ。ベアトリスを侮辱するということは、ガイスト大公家を侮辱したのと同じだ。貴様はガイスト大公家に楯突くつもりか？」

「め、滅相も……」

「ベアトリスの顔に免じて造船業で負った借金を肩代わりしているが、侮辱されたのなら話は別だ。あの話はなかったことにして、今すぐに全額返してもらおう」

「滅相もございません！　ガイスト大公、どうかお許しください！」

アンデルス公爵は今にも泣き出しそうだった。むしろ泣いていた。いつも横暴な彼のこんな顔を見るのは初めてだ。

ずっと嫌な思いをさせられてきたから、胸がスッとする。

まずいわ。こんな場面だっていうのに、にやけてしまいそうだわ。

「許しを請うのは俺じゃない。ベアトリスにだろう。今すぐ彼女に謝ってもらおうか」

「そ、それは……」

「謝ってもらおうか」

「……っ……ベアトリス……すまなかった……」

「ごめんなさい……ベアトリス……」

「すまない？　ごめんなさい？　貴様たちは目上の人間に、そのような謝り方をするのか？　『申し訳ございません。ガイスト夫人、どうかお許しください』だろう」

アンデルス公爵のこめかみには血管が浮き出て、顔は真っ赤だ。怒りと屈辱で血管が切れちゃうんじゃないかしら。

「も……申し訳ございません。ガイスト夫人……ど、どうか……お許しください……」

「ガ、ガイスト夫人、申し訳ございません……」

「……だそうだ。ベアトリス、どうする？」

「そうですね。謝罪は受け入れますが、お約束なしで突然訪ねてこられるのは困ります。今後はご遠慮ください」

　会いたいって連絡をしてきたとしても、もう今後は受け入れるつもりはないけれど。

「………わかった」

「『わかりました』だろう。貴様はまともに敬語も使えないのか？　これでアンデルス公爵家当主とは笑わせてくれるな」

「わかりました……っ……我々は、これで失礼させていただきます」

　もうこれ以上の屈辱は受け入れられないと言うように、アンデルス公爵夫妻は足早にゲストルームを出て行った。

「ベアトリス、大丈夫か？」

「ええ、ダーフィトが庇(かば)ってくれたおかげです。今日はお早いお帰りだったんですね。おかげで助かりました。腫らした頬で新婚旅行に行くなんて嫌でしたから」

「……すまない。実は結構前から帰って来ていて、扉の前で盗み聞きをしていた」

「え、盗み聞き？」

なんで？

「ああ、到着してすぐに入ろうと思ったんだが、ベアトリスが俺と愛し合っていると言ってくれたのを聞いて、嬉しくて……また言ってくれないかと、つい……」

嬉しそうに盗み聞きをするダーフィトを想像したら、笑ってしまう。

「もう、ダーフィトったら……助けてくれて、ありがとうございます」

「キミの両親といえども、キミに対するあの無礼な振る舞いは我慢できなかった。乱暴な言葉遣いをしてしまってすまない……」

先ほどまでの威圧感はどこに行ったのか。ダーフィトは悪戯をした子犬のような目で、私を見つめてくる。思わず頭を撫でたくなってしまう。

「いいえ、胸がスッとしました。気になさらないでください」

「そうか……」

ダーフィトは安堵の表情を見せ、私の唇にキスしてくる。

「もう、あの人たちってば、新婚旅行の前日だっていうのに、水を差すようなことをしてくるんだから、嫌になってしまいます」

「明日からは忘れて楽しもう」

「ええ、そうですね」

「準備は整ったか？」

「間もなく。モニカが頑張ってくれています」

「ベアトリス、フォンダンショコラを作ってもらった。好きだろう？　食べないか？」

入浴を終えて夫婦の寝室に行くと、ダーフィトとホカホカのフォンダンショコラが待っていた。

「えっ！　こんな時間に？」

「飲みやすい赤ワインも用意してみた。一緒に飲まないか？」

「ありがとうございます。赤ワインと一緒にケーキを食べるのは初めてです。いつもは紅茶となので」

「シェフからこのケーキに合う酒は何かと聞いたら、これが一番いいと聞いた。きっと美味しいと思う」

ケーキに合うお酒……ということは、飲ませたいのかしら。

ダーフィトは手を付けず、私が食べるのを見守っている。いつもの行動だ。彼は私が食べたり飲んだりして美味しいというのを見るのが好きなのだ。

見られるのは落ち着かないけど、私もそんなダーフィトを見るのが好きだから何も言わない。

「ん～……チョコがトロトロで美味しいです。ワインもよく合いますね」

「そうか、美味しいか」

「ダーフィトも冷めないうちに召し上がってください」

「ああ、そうだな」

そう言いつつも、ダーフィトは食べずに私を見ている。

アンデルス公爵夫妻が帰ってからというもの、ダーフィトが落ち着かないのよね。

突然街で一番大きな書店を買い取ろうと思うなんて言ったり、庭からお花を摘んできたり、それで今はこれ……。

「美味しいから、ワインが進んじゃいますね。明日は早起きなのにどうしましょう」

「俺が起こすから大丈夫だ。どんどん飲んでくれ。酒は嫌なことを忘れられるらしい」

あ……なるほど、そういうことね。

私は席を立ち、ダーフィトの膝の上に座った。

「べ、ベアトリス？」

「ダーフィト、私が落ち込んでいると思って、励ましてくれているんですね？」

「あ……いや、その……」

図星だったらしい。ダーフィトの目が泳いでいる。

本当にこの人ときたら、どこまで可愛ければ気が済むのかしら。

「……俺も、両親には冷たい言葉をかけられて育ってきた」

「え……」

「両親の冷たい言葉は胸の奥に突き刺さって、事あるごとに思い出しては胸が苦しくなった。キミもきっと、あの両親に冷たくされて育ってきたのだろう？　呪われた俺のところに、金目当てで嫁がせるぐらいだ。ある程度の想像は付く」

「そう、ですね……温かな家庭では、ありませんでしたね」

だからこそベアトリスは、社交が好きだった。家族から愛情を得られなかったから、それを補うように他人を求めたのだ。

「俺はいいんだ。でも、キミには辛い思いをしてほしくない。楽しく、幸せでいてほしい……だが、俺は不器用だから、キミを元気づける方法がこれくらいしか思い浮かばない……呪われず、もっと他人と関わっていたら、もっと別の方法がわかったのだろうか……」

シュンとするこの人が、愛おしくて仕方がない。

私は自らダーフィトの唇を奪い、ギュッと抱きついた。

「私は気にしていません。意地を張っているのではなく、本当ですよ？　だって、あなたが居てくれるんですもの」

「ベアトリス……」

「両親に愛されなくても、あなたが愛してくれる。だから私は、ちっとも辛くありません。幸せです。ダーフィト、愛しています」

「ああ、俺も愛している。ベアトリス……俺も幸せだ」

今度はダーフィトから唇を重ねてくれた。深く、チョコレートとほんのりワインの味がするキスは、癖になりそうな味だ。

いつもならすぐ身体に触ってくるのに、今日は触ってくる気配がない。私の秘部はすでに潤んで、ムズムズしてるっていうのに……。

あら？

ダーフィトの硬くなったものが、身体に当たっている。

「……ダーフィト、しないんですか？」

「明日から新婚旅行だから、今日はしないって宣言していたじゃないか……」

あ……そういえば、そうだった。まさか自分で自分の首を絞めることになるとは……。

でも、こんな雰囲気だし、身体は火照っちゃってるし、我慢できるはずがない。

「私にワインを飲ませたダーフィトが悪いんですよ。責任取ってください」

ダーフィトの身体に胸を押し付けて誘惑すると、彼の大人しかった手が勢いよくナイトドレスの裾から入ってきて、お尻を撫で始める。

仕掛けてから、かかるまでが早すぎるでしょ……！

「ぁ……っ……ダーフィト……んっ……は、激しいのは……駄目ですよ？　明日、本当に……んっ……起きられなくなっちゃうから……」

「大丈夫だ。俺が起こして……いや、寝たまま運んでやる」

「……っ……それ、激しくするって言っているようなものじゃないですか……！」

翌日、私は本当に起きることができず、寝たままダーフィトに運ばれての新婚旅行のスタートを切ったのだった。

あとがき

こんにちは、七福さゆりです。「転生陰キャ令嬢とヤンデレ大公　引きこもりなので束縛執着溺愛ルートは大歓迎です」をお手に取って下さり、ありがとうございました！

楽しんでいただけたでしょうか？　私はヤンデレを書く機会があまりなかったので、新鮮でとても楽しかったです！

ヤンデレどころか、気が付いたら、ヤンデレデレデレになっておりましたがいかがでしょうか？もしよろしければ、ご感想などいただけたら嬉しいです。

イラストを担当してくださったのは、池上紗京先生です。池上先生、煌びやかで素晴らしいイラストをありがとうございました！

では、ここからは作品の裏話をしていこうかなと思います。

一、魔女の話。

ガイスト大公家に呪いをかけた魔女ですが、天国には行けませんでした。ガイスト大公家の子供たちに呪いをかけ続けたためです。被害者であっても、誰かに危害を加えた時点で加害者になるので、許されません。

しかし、夫と子供が「自分たちのせいだから」と地獄へ付いてきてくれたので、再会はできました。自分の行いのせいで、愛する夫と子供を地獄に道連れにしてしまったことを魔女はとても後悔しています。

二、ダーフィトの趣味
無趣味だったダーフィトは、ベアトリスの影響で読書するようになりました。読んでいるうちに自分でも書いてみたくなり、ベアトリスと自分のファンタジー二次創作小説を書くように……。

幼い子供が絵を描いて親に見せるかのように、できあがった小説をベアトリスに見せ、彼女を共感性羞恥で悶絶させます。

さすがに「これは痛くない？」とは言うことができなかったベアトリスは、「す、すごいわ」と言ってしまったため、心から褒めてもらったと思ったダーフィトは、モチベーションがMAXになり、一生涯書き続け、それを見つけた子孫たちも共感性羞恥で悶絶させるのでした。

三、ダーフィトの収集癖
ダーフィトは初めてベアトリスと結ばれた時、破瓜の証のついたシーツを洗わずに自室に運んでいましたが、それからも色々と収集していました。

ベアトリスが捨てようとした衣服、リボン、手紙の書き損じなどをすべて集めていましたが、後で子供たちが迎えた猫がダーフィトの部屋に侵入し、ベアトリスが探しに入ったことがキッカケで発見されてしまいました。シーツはさすがに捨てさせられましたが、他のものは見逃され、彼は生涯ベアトリスの私物を集め続けました。裏話は以上です！

さて、最後に近況をご報告して、締めとさせていただきますね。この作品を書いていた頃、私は編み物に挑戦していました。普段は十分執筆したら、五分休憩をするというシステムで仕事をしていまして、その五分の間にできる息抜きとしてチャレンジしておりました。

五分という短い間でも、塵も積もればなんとやらと言うように、毎日繰り返していけば結構な量が編み上がりまして！

なんだか達成感があり、私の心に良い影響を与えているのか、仕事の作業効率もあがっております。どうやら瞑想効果もあるそうです。確かに無心になれる！　今は鍵編みなのですが、いつかは棒編みにチャレンジしてみたいです！

それでは、皆様、貴重なお時間をくださり、ありがとうございました！　またお会いできましたら嬉しいです！　七福さゆりでした。

七福さゆり

ガブリエラブックスをお買い上げいただきありがとうございます。
七福さゆり先生・池上紗京先生へのファンレターはこちらへお送りください。

〒110-0016 東京都台東区台東4-27-5 (株)メディアソフト
ガブリエラブックス編集部気付 七福さゆり先生／池上紗京先生 宛

MGB-135

転生陰キャ令嬢とヤンデレ大公
引きこもりなので束縛執着溺愛ルートは大歓迎です

2025年4月15日 第1刷発行

著者 七福さゆり（しちふく）
装画 池上紗京（いけがみ さきょう）
発行人 沢城了
発行 株式会社メディアソフト
〒110-0016
東京都台東区台東4-27-5
TEL：03-5688-7559 FAX：03-5688-3512
https://www.media-soft.biz/
発売 株式会社三交社
〒110-0015
東京都台東区東上野1-7-15
ヒューリック東上野一丁目ビル３階
TEL：03-5826-4424 FAX：03-5826-4425
https://www.sanko-sha.com/
印刷 中央精版印刷株式会社
フォーマットデザイン 小石川ふに(deconeco)
装丁 吉野知栄(CoCo.Design)

ISBN 978-4-8155-4361-7